홍길동전

차별 없는
세상은
없을까?

물음표로
따라가는
인문고전

7

홍길동전

차별 없는 세상은 없을까?

글 김진호 | 그림 허구

지학사아르볼

차별 없는 세상을 만들 수 있을까?

일본 동경한국학교에서 근무할 때, 저는 신주쿠구에 있는 한국
인촌에 살았습니다. 그런데 가끔 이곳 거리에서 일본의 우익 단체
단원들이 한국에 대한 혐오를 드러내는 시위를 할 때가 있어요. 한
국인의 장사를 방해하고 이곳을 찾는 일본인을 압박하려는 행동이
지요. 하지만 지나가는 대부분의 일본 사람들이 눈살을 찌푸린답니
다. 가만히 지켜보면 같은 일본인이지만 이들의 시위를 부끄럽다고
생각하는 사람들이 더 많은 것 같습니다. 합리적인 이성과 지성을
가진 사람이라면 당연한 일일 거예요. 일본에서 한국인으로 살아가
는 것이 차별의 이유가 되어서는 안 되겠지요.

마찬가지로 한국에서 외국인 노동자들이 부당한 차별을 받는다면, 상식이 통하는 사람들은 결코 이를 옳다고 생각하지 않을 거예요. 사람들은 각각 인종, 종교, 직업, 나이, 정치적 견해 등이 다릅니다. '차이'가 있는 것이지요. 하지만 그 차이로 인해 차별이 정당화될 수는 없습니다.

지금껏 인류의 역사는 합리적이지 못한 차별을 극복하며 발전해 왔어요. 역사의 고비마다 차별에 저항했던 인물들이 있었지요. 흑인에 대한 차별을 반대하다가 암살당한 마틴 루터 킹 목사를 기억하나요? 그런가 하면 헬렌 켈러는 시각·청각 장애인이라는 편견을 뛰어넘고 인종 차별, 여성 차별 등 여러 사회적 차별에 저항하며 인권 운동을 펼쳤습니다.

소설 속의 인물이지만 《홍길동전》의 홍길동 역시 조선 시대에 당연하게 행해지던 신분 차별을 부당하다고 여겼어요. 신분이 천하다는 이유로 천대받고 뼈에 사무치는 한을 갖게 된 길동은 결국 집을 나옵니다. 그런 뒤에 활빈당을 이끌며 가난한 이들을 돕고, 새로운 세상인 율도국을 세우게 되지요. 홍길동은 당시의 시선으로 보면 매우 특이하고 특별한 사람이었어요. 모두 현실에 순응하여 저항을 생각하지 못할 때에 그 벽을 깨뜨리고 새로운 대안을 보여 주었으니까요.

우리 고전 소설을 살펴보면 이러한 인물이 여럿 보입니다. 《춘향전》의 춘향은 기생의 딸이라는 신분의 벽과 여성이라는 한계를 뛰어넘고, 사랑을 지키기 위해 저항했어요. 《홍길동전》과 《춘향전》은 모두 현실의 한계를 넘어서는 주인공을 그리며, 새로운 유형의 인물을 만들어 냈어요. 또 소설은 많은 사람들이 바라고 있는 시대의 희망을 담아냈지요.

여러분은 이러한 고전 소설들에 대해 잘 알고 있나요? 선생님도 중학생 때는 교과서에 나온 만큼만 고전을 이해했어요. 그러다가 대학에 가서야 비로소 우리 고전을 꼼꼼히 읽고, 관련된 논문도 읽어 보게 되었지요.

그러면서 고전 속에 담긴 시대 상황과 그 속에서 갈등하는 인물들을 발견하게 되었습니다. 문학 작품을 자세히 읽으면 생생하게 그 시대를 이해할 수 있어요. 거기에는 살아 있는 인물들의 갈등과 투쟁이 담겨 있기 때문이에요.

그런 의미에서 《홍길동전》은 꼭 읽어 봐야 할 소설이에요. 교과서에 나와 있는 짧은 줄거리로만 《홍길동전》을 이해하기엔 아쉬운 점이 많습니다. 꼭 소설 전체를 읽어 보았으면 좋겠습니다.

많은 이들이 '차별 없는 세상'을 꿈꿉니다. 그런데 우리는 차별

당하면서도 또 남을 차별하고 있지는 않은지요? 이러한 반성 역시 문학 작품을 읽으며 해 볼 수 있답니다.

　문학 작품을 읽는 일은 따지며 캐묻고 전후의 사정을 살펴 가며 이해의 폭을 넓히는 일이에요. 《홍길동전》을 찬찬히 읽으면서, 물음표를 들고 질문을 하며 해답을 구해 가는 과정에 여러분들을 초대합니다.

● 김진호

Part 1 | 고전 소설 속으로

　고전을 아름다운 그림과 함께 담아냈습니다. 원전에 충실하면서도 어려운 단어를 최대한 줄이고 쉽게 풀이하여, 재미난 이야기를 마주하듯 술술 읽을 수 있도록 했습니다.

Part 2 | 물음표로 따라가는 인문학 교실

　고전은 오늘의 우리를 비추는 거울이며, '인문학'을 담고 있는 그릇입니다. 이 책은 고전의 재미를 더하고, 우리 고전을 인문학적인 관점에서 바라볼 수 있도록 구성되었습니다.

● **고전으로 인문학 하기**

　고전 소설을 읽고 나면 머릿속에는 여러 질문들이 떠올라요. 물음표에 대한 답을 따라가 보세요. 배경지식이 쑥쑥 늘어날 거예요.

● **고전으로 토론하기**

　고전의 내용에 기반한 가상 대화가 이어집니다. '고전으로 토론하기'를 통해 다르게 생각하는 힘을 길러 보세요.

● **고전과 함께 읽기**

　함께 읽으면 더욱 좋은 문학, 영화, 드라마 등을 소개합니다. 비슷한 주제가 다른 작품에서는 어떻게 표현되었는지 살펴보고 생각의 폭을 넓히세요.

차례

Part 1 | 고전 소설 속으로

Part 2 | 물음표로 따라가는 인문학 교실

홍
길
동
전

고전 소설 속으로

우리 고전 소설의
재미와 **감동**을
오롯이 느껴 봅시다.

•

"아버지와 형님이 계신데도

아버지를 아버지라 부르지 못하고,

형을 형이라고 부르지 못하니

심장이 터질 것 같구나."

•

아버지를 아버지라 부르지 못하다

조선 세종 때 홍 아무개라는 재상이 있었다. 그는 대대로 부귀와 권세를 누리는 집안 출신이었으며, 어린 나이에 장원 급제하여 벼슬이 이조 판서에 이르렀다. 그는 충과 효를 갖춘 사람으로 온 나라에 널리 알려졌다.

홍 판서에게는 두 아들이 있었다. 그중 큰아들 인형은 정실부인 유씨가 낳았고, 다른 한 아들 길동은 여종 춘섬이 낳았다.

길동을 낳기 전에 홍 판서가 꾼 태몽은 이러했다. 갑자기 천둥과 벼락이 치며 청룡이 수염을 치켜세우고 홍 판서를 향하여 달려들었다. 홍 판서가 놀라 깨니 한바탕 꿈이었다.

'용꿈을 꾸다니, 반드시 귀한 자식을 얻으리라.'

그는 곧바로 유씨 부인이 머무는 안방에 들어갔다. 그러고는 기쁜 마음으로 아내의 고운 손을 잡고 바로 잠자리에 들려 하였다. 하지만 부인은 정색하였다.

"에그, 웬일로 벌건 대낮에 어리석고 경박한 자들이나 하는 짓을 하려 하십니까?"

부인은 홍 판서의 손을 떨치고 나와 버렸다. 홍 판서는 몹시 무안해져서 사랑방으로 나왔다.

'어허, 내 뜻을 저리 몰라주니 지혜롭지 못하구나.'

그때 마침 여종 춘섬이 차를 들고 사뿐히 들어오는 게 아닌가. 홍 판서는 그 고운 자태에 끌려 그녀를 곁방으로 데리고 갔다. 그 무렵 춘섬의 나이가 열여덟이었다. 춘섬은 한번 몸을 허락한 뒤에는 문밖으로 나가지 않고 다른 사람을 만나지도 않았다. 홍 판서는 이 모습을 기특하게 여겨 춘섬을 첩으로 삼기로 하였다.

그달부터 춘섬에게 태기가 있더니, 열 달 만에 영웅호걸의 기상을 품은 아들을 낳았다. 홍 판서는 아기에게 '길동'이라는 이름을 붙였다. 그는 매우 기뻐하면서도 한편으로는 길동이 정실부인 유 씨의 몸에서 태어나지 않은 것을 안타깝게 여겼다.

길동이 점점 자라서 8살이 되자 총명하기가 보통이 넘어, 하나를 들으면 백 가지를 알 정도였다. 홍 판서는 길동을 소중히 여기면서도, 길동에게 아버지를 아버지라고 하거나 형을 형이라고 부르지 못하게 했다. 길동의 신분이 원래 천하기 때문이다. 이를 아는 종들도 길동을 천대하였다. 한이 뼈에 사무쳤지만 길동은 어쩔 수 없었다.

어느 9월 보름 무렵이었다. 달빛이 처량하고 맑은 바람이 불어

오니 길동의 마음이 울적하였다. 길동은 책을 읽다가 공연히 책상을 밀치고 한숨을 쉬었다.

"대장부가 세상에 태어나 공자와 맹자를 본받지 못할 바에야 차라리 병법을 익혀서 사방을 정벌하여 나라에 큰 공을 세우고 이름을 만대에 빛내는 편이 낫지 않겠는가. 아버지와 형님이 계신데도 아버지를 아버지라 부르지 못하고, 형을 형이라고 부르지 못하니 심장이 터질 것 같구나."

답답해진 길동은 뜰에 내려와 검술을 익혔다.

그때 마침 홍 판서가 길동의 모습을 보고 물었다.

"어찌하여 밤이 깊도록 잠을 자지 않느냐?"

"달빛을 즐기고 있었사옵니다. 그런데…… 소인*에게 궁금한 것이 있습니다."

* **소인**(小人) 신분이 낮은 사람이 자기보다 신분이 높은 사람을 상대하여 스스로를 낮추어 이르던 말이다. 길동은 낮은 신분이라 아들이 아버지 앞에서 자기를 낮추어 이르던 소자(小子)라는 말 대신 소인이라는 표현을 쓸 수밖에 없었다.

"말해 보아라."

"하늘이 만물을 낼 때 제일 귀한 것이 사람이라 하지만 소인에게는 그 귀함이 없습니다. 그럼 어찌 사람이라 하겠습니까?"

홍 판서는 말 뜻을 짐작하면서도 일부러 꾸짖듯이 말하였다.

"그게 대체 무슨 말이냐?"

길동은 땅에 엎드려 절하였다.

"소인은 대감의 정기를 받아 당당한 남자로 태어났습니다. 그러나 아버지를 아버지라 부르지 못하옵고 형을 형이라 부르지 못하니, 평생을 두고 서럽습니다. 소인을 어찌 사람이라 하겠습니까?"

길동이 흘린 눈물이 옷깃을 적셨다. 홍 판서는 그를 불쌍히 여겼지만, 그 마음을 위로할 수 없었다. 길동의 마음이 방자해질까 염려되어 오히려 크게 꾸짖었다.

"재상 집안에서 천한 종의 몸으로 태어난 자식이 너뿐이 아닌데 어찌 이다지 방자한고? 또 이런 말을 꺼내면 용서하지 않겠다."

길동은 감히 말을 잇지 못하고 땅에 엎드려 눈물만 흘릴 뿐이었다. 길동은 본래 재주가 뛰어나고 마음 씀씀이가 넓고 컸지만, 이런 일이 있을 때면 밤잠도 잘 이루지 못하였다.

하루는 길동이 어머니 앞에서 울면서 아뢰었다.

"소자를 낳아 주신 어머니의 은혜는 끝이 없습니다. 그러나 소자의 팔자가 사나워서 천한 몸으로 태어나게 되어 품은 한이 깊습니다. 이제 설움을 참을 수 없어 어머니 슬하를 떠나려 합니다. 엎드려 바라건대 어머니께서는 소자를 염려하지 마시고 귀하신 몸을 잘 돌보십시오."

춘섬이 크게 놀라 말했다.

"양반 집안에서 천한 신분으로 태어난 사람이 너뿐이 아니다. 어찌 마음을 좁게 먹어 어미의 마음을 아프게 하느냐?"

그러자 길동이 간절한 마음으로 대답했다.

"옛날에 장충의 아들 길산*은 천한 출생으로, 열셋의 나이에 그 어미와 이별하였습니다. 그리고 운봉산에 들어가 도를 닦아 아름다운 이름을 후세에 전하였지요. 소자도 그를 본받아 세상을 벗어나려 하오니, 마음을 놓으십시오. 요즘 곡산에서 온 초란이 우리 모자를 원수로 알고 있습니다. 큰 화를 입을까 두려우니 오히려 제가 나가는 편이 낫습니다."

춘섬은 눈물을 훔쳤다.

"아니 된다. 이 어미를 위해서라도 어디 갈 생각을 말아라."

그날은 간곡한 어머니의 부탁에 그렇게 넘어갈 수밖에 없었다.

---

* **길산** 장길산. 조선 숙종(17세기 말) 때 전국적으로 활동한 도적이다. 광대 출신으로 서얼, 승려 세력과 함께 들고일어나 불의에 맞서고자 했다. 홍길동, 임꺽정과 더불어 조선의 3대 도적으로 불린다. 그런데 이 대목은 《홍길동전》의 작가가 허균이 아니라는 주장의 근거가 되기도 한다. 《홍길동전》이 쓰인 이후에 장길산이 태어났기 때문이다. 이러한 주장에 대해 《홍길동전》이 후대로 전해지면서 개작된 것이라고 보는 시각이 우세하다.

●

"아드님께선 다시없을 영웅이요,

이 시대의 호걸이 될 인물입니다.

신분이 천하니 다른 염려는 없을 듯합니다."

●

곡산모 **초란,**
흉계를 꾸미다

　홍 판서의 또 다른 첩 곡산모는 원래 곡산 지방의 기생으로, 이름은 초란이었다. 성품이 아주 교만하고 방자하여서 내키지 않는 것이 있으면 홍 판서에게 헐뜯기 일쑤였다. 초란 때문에 집안이 시끄러운 적이 많았다. 초란은 질투도 많았다. 자신은 아들이 없는데 춘섬은 길동을 낳아 귀여움을 받으니, 배알이 꼬여서 종일 길동을 없애 버릴 생각만 했다.

　하루는 초란이 여자 무당을 불러들여 흉계를 꾸몄다.

　"내가 편안하게 살려면 길동을 없애야겠네. 내 소원을 이루어 주면 크게 보답하겠네."

　무녀가 듣고 기뻐하였다.

"지금 동대문 밖에 관상을 잘 보는 여인이 있는데, 사람의 얼굴을 한번 보면 앞으로 무슨 일이 일어날지를 훤히 알아낸다고 합니다. 그 사람을 데리고 와서 홍 판서에게 길동의 앞날을 나쁘게 이야기하도록 하면, 깜빡 속아 넘어갈 것입니다. 관상녀의 이야기를 들으면 홍 판서도 분명 길동을 없애고자 할 것이니, 그때를 틈타 뜻을 이루시면 어떻겠습니까?"

초란은 크게 기뻐하며 무녀에게 은돈 오십 냥을 주더니, 어서 관상녀를 데려오도록 하였다.

이튿날 홍 판서가 안방에서 부인과 길동에 대해 이야기를 나누고 있었다.

"그 아이의 재주가 뛰어나고 비범합니다."

"그러나 신분이 천하니 참으로 안타깝소."

그때 누군지 모를 한 여인이 마루 아래서 인사를 했다. 홍 판서가 이상하게 여겨 물었다.

"그대는 누구이고 무슨 일로 왔는가?"

여자가 말했다.

"소인은 관상 보는 사람이온데, 우연히 여기 이르렀습니다."

관상을 본다는 말에 홍 판서는 즉시 길동을 불렀다. 여인이 길동을 가만히 보다가 놀란 척하며 말하였다.

"아드님께선 다시없을 영웅이요, 이 시대의 호걸이 될 인물입니다. 신분이 천하니 다른 염려는 없을 듯합니다."

이렇게 말하고서는 무언가 주저하는 빛을 보였다. 홍 판서와 부인이 여인을 재촉하였다.

"다른 염려는 없다니 그게 무슨 말인가? 바른대로 모두 이야기하여라."

여인이 마지못하는 체하며 주위 사람들을 내보내더니 은밀하게 말했다.

"아드님께서는 왕이 될 기상입니다. 그러나 신분이 천하여 왕이 될 수 없으니, 아드님이 장성하면 장차 온 집안이 멸망하는 화를 당할 것입니다. 이를 마음에 새겨 두십시오."

깜짝 놀란 홍 판서는 한참 동안이나 묵묵히 있다가 마음을 진정시키고 말하였다.

"사람의 팔자는 피하기 어려운 것이다. 너는 이런 말을 앞으로 입 밖에 꺼내지 말라."

이렇게 당부하고 약간의 돈을 주어 내보냈다.

그 후로 홍 판서는 길동을 집 뒤 외딴곳에 있는 정자에 머물게 하고, 행동 하나하나를 엄격하게 감시했다. 길동은 설움이 더욱 북받쳤지만 하는 수 없이 병법서나 천문책, 지리책 같은 것이나 읽을 뿐이었다.

홍 판서의 근심은 끝이 없었다.

'이놈이 재주가 있는 것은 확실하다. 그러나 자칫 분수를 넘는 생각을 품게 되면 정말 관상을 보는 여인의 말처럼 되어 버릴 수도 있다. 이를 어떻게 해야 하는가.'

한편 초란은 이 틈을 타서 길동을 없애려고 거금을 들여 자객을 매수했으니, 그의 이름은 특재였다. 초란은 미리 특재에게 전후 내막을 자세히 일러 주었다. 그리고 나서 홍 판서에게 아뢰었다.

"며칠 전 관상을 보는 여인이 길동의 앞일을 귀신같이 알려 주지 않았습니까? 대감께서는 이 일을 어찌하실 생각이옵니까? 화를 키울 바에야 먼저 길동을 없애 버리는 편이 나을 듯하옵니다."

홍 판서는 눈썹을 찡그렸다.

"이 일은 내가 알아서 할 것이니 너는 시끄럽게 굴지 말아라."

그렇게 초란을 물리치기는 했으나 홍 판서는 마음이 어지러워서 밤이면 잠을 이루지 못해 병이 나고 말았다. 좌랑* 벼슬을 하던 큰아들 인형과 부인은 홍 판서 걱정에 어쩔 줄을 몰랐다.

초란은 기어이 부인에게까지 가서 슬쩍 귀띔했다.

"이게 다 길동 때문 아니겠습니까. 아무래도 길동을 죽여 없애

---

* **좌랑** 조선 시대 육조(이조·병조·호조·형조·예조·공조)에서 행정을 맡아보던 실무자.

는 게 낫겠습니다. 그러면 모든 것이 해결될 텐데, 부인께서는 어찌 가만히 계시는지요?"

"부모 자식 간의 천륜이 지극히 중요한데 어찌 그런 짓을⋯⋯."

초란이 은밀하게 말했다.

"들자오니 특재라는 자객이 있는데, 사람 죽이기를 주머니 속의 물건을 꺼내듯 쉽게 한다고 합니다. 그에게 일러서 밤에 길동을 해치게 하면 어떻겠습니까? 집안을 위해서라도 부인께서는 부디 곰곰이 생각해 보십시오."

부인이 눈물을 흘리면서 말했다.

"아아, 차마 못 할 일이다. 그러나 첫째는 나라를 위함이요, 둘째는 상공을 위함이며, 셋째는 홍씨 가문을 보존하기 위함이니⋯⋯ 너의 생각대로 하려무나."

초란이 크게 기뻐하면서 다시 특재를 불러들였다.

"오늘 밤이다. 당장 오늘 밤에 해치워라."

초란은 밤이 깊어지기만을 기다렸다.

●

"소인의 신세는 마치 뜬구름과 같아 갈 곳이 없습니다.

버려진 자식이 어찌 갈 곳이 있겠습니까?"

길동은 흐르는 눈물을 감당하지 못했다.

●

버려진 자식은
갈 곳이 없습니다

길동은 죄 없이 설움받았던 일만 생각하면 분하고 원통했다. 그러나 할 수 있는 일이 없어 그저 밤마다 잠을 설칠 뿐이었다.

그날 밤도 길동은 잠에 들지 못하고 뒤척였다. 아예 촛불을 밝혀 놓고 유교 경전 《주역》을 읽는데, 까마귀가 3번 울고 가는 게 아닌가. 길동은 불현듯 이상한 예감에 휩싸였다.

'저 짐승은 본래 밤을 꺼리는 새이다. 그런데 굳이 이런 때 울고 가다니 매우 불길하구나.'

길동은 《주역》으로 점을 쳐 보더니 바로 책상을 밀치고, 둔갑법을 써서 몸을 숨긴 채 주변을 살폈다.

    길동의 예감은 적중했다. 사경*쯤 되자 한 사내가 날카로운 칼을 들고 천천히 방문으로 들어왔다. 바로 초란의 심부름을 받은 특재였다.

    길동은 황급히 주문을 외었다. 그러자 한 줄기 음산한 바람이 불면서 집이 온데간데없이 사라지고, 첩첩산중에 광활한 풍경이 펼쳐졌다.

    '이게 어떻게 된 일이지!'

    크게 놀란 특재는 무엇이 단단히 잘못되었음을 깨달았다. 칼을 감추고 정신없이 도망치려는데, 갑자기 길이 끊어지면서 높고 험한 바위가 겹겹으로 쌓인 낭떠러지가 나타났다.

    특재는 이러지도 저러지도 못 하는 처지가 되었다. 어찌할 줄 모르고 두리번거리다가 피리 소리에 퍼뜩 정신을 차렸다. 나귀를 탄 소년이 피리 불기를 멈추고 특재를 꾸짖었다.

* **사경** 하룻밤을 오경으로 나눈 것 중에 넷째 부분. 새벽 한 시에서 세 시 사이이다.

"대체 무엇 때문에 나를 죽이
려 하는가? 죄 없는 사람을 해치
고도 무사하기를 바라느냐!"

소년이 주문을 외자, 주변에
검은 구름이 일어나며 큰비가 퍼
붓듯이 쏟아지고 모래와 자갈이
날렸다. 나귀를 탄 소년은 바로
길동이었다.

특재가 큰소리를 쳤다.

"네가 감히 나에게 대적하겠
는가? 길동아, 나를 원망하지
마라. 이게 다 초란이

시킨 일인데, 나를 원망해 무엇하겠느냐!"

특재가 칼을 들고 달려들었다. 길동은 요술을 부려 특재의 칼을
빼앗아 버린 뒤 호통을 쳤다.

"재물이 탐나서 사람을 죽이려 하는 게냐? 너처럼 사람의 도리
를 모르는 놈은 죽어 마땅하다!"

길동은 순식간에 특재를 칼로 베어 버렸다. 특재의 머리가 방
한가운데 뚝 떨어졌다.

그날 밤, 길동은 바로 관상녀를 잡아 와서 특재가 죽어 있는 방
에 들이뜨려 놓고 꾸짖었다.

"네 죄를 알 것이다. 대체 왜 나를 죽이려 하였느냐?"

관상녀마저 칼로 베니, 그 광경이 처참하기 그지없었다.

두 사람을 물리친 뒤, 길동은 하늘을 살펴보았다. 은하수는 서
쪽으로 기울어지고 달빛은 희미했다. 길동은 분통이 터져 초란마
저 죽이고 싶었다.

'아니다. 그래도 아버님이 사랑하는 여인이니 그럴 수는 없다.'

길동은 이곳에서 달아나기로 마음먹었다.

길동은 떠나기 전에 홍 판서에게 인사를 하려고 찾아갔다. 홍
판서는 창문을 열고 창밖의 인기척을 살폈다.

"밤이 깊었는데 네 어찌 자지 않고 방황하느냐?"

길동은 땅에 엎드려 대답하였다.

"부모님의 은혜를 만분의 일이나마 어찌 갚을 수 있겠사옵니까. 그러나 소인은 더 이상 이곳에 머무를 수 없습니다. 집안에 저를 모함하는 자가 있기 때문입니다. 겨우 목숨은 건졌지만 앞날을 기약할 수 없으니, 오늘 인사를 올리고 떠나려 합니다."

홍 판서가 깜짝 놀라 물었다.

"무슨 일이 있었느냐? 집을 버리고 어디로 가겠다는 거냐?"

"날이 밝으면 모두 아시게 될 것입니다. 소인의 신세는 마치 뜬 구름과 같아 갈 곳이 없습니다. 버려진 자식이 어찌 갈 곳이 있겠습니까?"

길동은 흐르는 눈물을 감당하지 못했다. 홍 판서는 애처로운 마음에 길동을 부드럽게 타일렀다.

"네 한이 얼마나 깊은지 이제야 알겠다. 오늘부터는 아버지를 아버지라 부르고 형을 형이라 불러도 좋다."

길동이 다시 절하고 아뢰었다.

"소자*의 깊은 한을 풀어 주시니 죽어도 한이 없습니다. 엎드려

---

* 길동은 아버지라고 불러도 좋다는 허락을 받고 나서야 비로소 홍 판서 앞에서 자신을 '소인'이 아니라 '소자'라고 부르게 되었다.

바라옵건대 아버님께서는 만수무강하십시오."

길동은 이렇게 말하고 돌아섰다. 홍 판서는 떠나는 길동을 차마 붙잡지 못하고, 그저 무사하기만을 당부하였다.

길동이 이번에는 어머니 침소에 찾아가서 작별 인사를 했다.

"소자는 지금 어머니를 떠나려 하옵니다. 언젠가 다시 모실 날이 있을 것입니다. 그때까지 귀하신 몸을 보존하십시오."

춘섬은 길동이 왜 떠나려 하는지 짐작하였으나 굳이 묻지는 않았다. 떠나려는 아들의 손을 잡고 통곡할 뿐이었다.

"어디로 가려 하느냐? 한집에 있어도 머무는 곳이 멀어 늘 그리웠는데, 이제 정처 없이 떠돌겠다는 말이냐! 내가 너를 잊고 어찌 편히 살겠느냐? 잠시 떠나더라도 부디 빨리 돌아오거라."

길동은 어머니께 다시 절하고 방을 나와 먼 곳을 바라보았다. 첩첩한 산중에 구름만 자욱하였다. 그 가운데로 성큼성큼 걸어가는 모습이 가련하기 그지없었다.

한편 초란은 특재에게서 소식이 없자 이상하다 싶어 사정을 알아보았다. 그랬더니 길동은 간 데가 없고 특재와 관상 보는 여인의 시신만 방 안에 있더라고 했다.

초란은 혼비백산하여 급히 부인에게 알렸다. 부인은 크게 놀라 큰아들 인형을 불러 이 일을 이야기하였다. 인형은 생각할수록 초

란의 못된 행위를 숨길 수 없다는 생각이 들었다. 그리하여 홍 판서에게 그간의 일을 자세히 말씀드렸다.

홍 판서는 크게 분노하였다.

"당장 초란이를 불러들여라!"

그러고는 초란을 내쫓고 두 시체를 없앤 뒤, 종들을 불러 지금까지 있었던 일을 절대 입 밖에 꺼내지 말라고 당부하였다.

●

"내가 곧 군사를 이끌고 출동할 테니

그대들은 그저 나를 따르시오."

길동은 푸른 도포에 검은 띠를 두르고

나귀 등에 올랐다.

●

집을 떠나
세상 속으로 가다

정처 없이 떠돌던 길동은 어쩌다 경치 좋은 곳에 이르렀다. 그 곳에서 사람 사는 데를 찾아 점점 들어가다 보니, 큰 바위 밑에 돌문이 닫혀 있는 것이 눈에 들어왔다.

가만히 그 문을 열고 들어가자 드넓은 평야가 펼쳐졌다. 거기에는 수백 호의 집들이 모여 있었고, 여러 사람이 잔치를 즐기고 있었다.

'옳거니. 여기는 도적들의 소굴이로구나!'

누군가 길동을 보고 예사롭지 않다는 듯 반겨 말했다.

"어떻게 이곳까지 찾아왔소? 잘 왔소. 우리와 함께하겠소? 여기는 여러 영웅이 모여 있으나 아직 우두머리를 정하지 못하고 있

다오. 내 말에 따르겠다면 먼저 저 돌을 들어 보시오."

길동은 예를 갖추어 말했다.

"나는 경성에 사는 홍 판서의 서자 길동이라 합니다. 집에서 천대받기가 싫어서 여기저기 떠돌아다니다가 우연히 이곳에 들르게 되었지요. 모든 호걸들이 동료가 되자고 청하여 주시니 고맙기가 이를 데 없습니다. 한번 해 보지요. 대장부가 어찌 저만한 돌 들기를 주저하겠습니까."

길동은 그 돌을 들어 수십 보를 걷다가 던졌다.

"진짜 저 돌을 들었단 말이야?"

"천 근이나 되는 돌을 들었다고!"

도적들이 여기저
기서 칭찬하는 바람에 사방
이 요란해졌다.
"과연 장사로다. 우리 수천 명 중에
이 돌 드는 자가 단 한 명도 없었는데, 오늘 하
늘이 우리를 도와 장군을 내려 주셨도다!"
도적들은 길동을 윗자리에 앉힌 뒤 차례로 술을 권
하였다. 그러고는 흰말을 잡아 그 피로 맹세하며
굳은 언약을 맺었다. 그날부터 길동은 여러
사람과 더불어 무예를 연습하고, 수개월

안에 엄격한 군법을 세웠다.

하루는 몇몇이 길동을 찾아와 제의했다.

"우리는 진작부터 합천 해인사를 쳐서 그 재물을 빼앗고자 하였습니다. 그러나 지략이 부족하여 실천하지 못했지요. 장군님 의견은 어떠신지요?"

길동은 여유 있게 웃었다.

"내가 곧 군사를 이끌고 출동할 테니 그대들은 그저 나를 따르시오."

길동은 푸른 도포에 검은 띠를 두르고 나귀 등에 올랐다. 부하 몇 명도 데리고 갔다.

"여기 있거라. 내가 절에 가서 상황을 살펴보고 오겠다."

길 떠나는 길동의 뒷모습은 영락없는 재상가 자제의 모습이었다.

길동은 절에 들어가 주지 스님에게 말했다.

"나는 경성 홍 판서댁 아들인데, 이곳에 공부를 하러 왔다. 내일 백미 20석을 보낼 것이니 음식을 깨끗이 장만하거라. 너희들과 함께 먹겠다."

길동의 말을 들은 중들이 아무것도 모르고 기뻐하였다. 길동은 은밀히 절 구석구석을 살펴보았다.

길동은 약속했던 대로 백미 수십 석을 보낸 뒤, 부하들에게 말했다.

"내가 아무 날 그 절에 가 이리이리할 것이다. 그대들은 뒤를 따라와 이리이리하라."

약속한 그날이 다가왔다. 길동은 부하 수십 명을 하인처럼 꾸민 뒤, 함께 해인사에 데려갔다. 아무것도 모르는 중들은 반갑게 일행을 맞이했다. 길동은 늙은 주지 스님을 불렀다.

"내가 보낸 쌀이 좀 부족하지 않던가?"

"어찌 부족하겠습니까. 저희야 그저 황송하고 감격스러울 따름입니다."

길동은 맨 윗자리에 자리를 잡고 앉았다. 먼저 술을 들이킨 뒤, 해인사의 모든 중을 부르더니 차례로 권하였다. 중들이 몸 둘 바를 모르고 고마워하였다.

그러는 사이 길동은 몰래 입에 모래를 슬그머니 넣고 깨물었다.

"으음!"

중들은 모래 깨무는 소리를 듣고 놀라서 허겁지겁 사과하였지만, 길동은 일부러 큰소리로 화를 내어 꾸짖었다.

"음식을 어찌 이따위로 만들었느냐? 감히 나를 깔보고 업신여기는 것이냐?"

길동은 소리치며 부하들을 시켜 모든 중을 한 줄에 묶어서 앉게

했다. 중들은 겁이 나서 어쩔 줄을 몰랐다.

그때 갑자기 수백 명의 사람이 절 안으로 달려들어서 모든 재물을 제 것 가져가듯 했다. 중들은 그 모습을 눈 뜨고 보고도 어찌할 도리가 없어서, 그저 소리만 지를 뿐이었다.

"해인사가 쑥대밭이 되었다고?"

소식을 들은 합천 수령은 관군에게 도적을 잡으라고 명령했다.

곧이어 관군 수백 명이 출동했다. 그때 저 멀리 산에서 중 한 명이 이렇게 외쳤다.

"도적이 저 북쪽의 작은 길로 도망가니, 빨리 가서

잡으십시오!"

관군들은 해인사의 중이 소리치는 줄 알고 비바람
처럼 빠르게 북쪽의 작은 길로 뛰어갔다. 그러나 이는
길동의 계략이었다. 길동이 부하에게 스님의 옷을 입혀
중 행세를 하게 했던 것이다. 덕분에 관군들은 도적을 보
지도 못하고 날이 저문 뒤에야 돌아갔다.

길동은 관군을 따돌리고 무사히 돌아올 수 있었다. 부하
들은 이미 해인사에서 빼앗은 보물을 가져와 길동 앞에 대
령하고 있었다.

"모두 대장님 덕분이옵니다."

감사 인사를 하는 부하들에게 길동이 웃으며 말하였다.

"대장부에게 이만한 재주가 없어서야 어찌 여러 사람의 우두머리라 할 수 있겠는가."

그때부터 길동은 무리를 '활빈*당'이라고 이름 짓고, 조선 팔도를 다녔다. 활빈당은 도적의 무리지만 올바른 일만 골라 하였다. 각 읍의 수령이 부정한 방법으로 모은 재물이 있으면 빼앗았고, 그 재물은 가난한 이들에게 나누어 주었다. 절대 힘없는 백성의 것을 도둑질하지 않았으며, 나라의 재산에는 조금도 손을 대지 않았다. 부하들은 길동의 뜻에 망설임 없이 따랐다.

하루는 길동이 부하들을 모아 놓고 의논하였다.

"함경 감사가 탐관오리 짓을 하면서 재물을 마구 착취한다지? 그대로 두고 볼 수 없으니, 그대들은 내 말을 따르라!"

길동은 부하들과 아무 날 밤에 만날 약속을 하였다.

그날 밤, 누군가 몰래 남문 밖에 불을 질렀다. 깜짝 놀란 함경

* 활빈(活貧)은 가난한 사람을 돕는다는 것을 뜻한다.

감사는 부하를 시켜 불을 끄라고 성화였다. 관리며 백성들이 한꺼번에 달려가서 불을 끄려고 허둥댔다. 이때를 틈타 길동의 무리 수백 명이 함께 성안에 들어가 창고를 열었다. 그러고는 그곳에서 곡식과 무기를 찾아내어 북문으로 달아났다.

날이 밝은 뒤에야 창고의 무기와 곡식이 모두 사라졌음을 파악한 함경 감사는 뒤늦게 탄식하였다.

"어느 놈이 감히 성안의 곡식과 무기에 손을 댔단 말이냐! 반드시 잡아라!"

그런데 그 무렵, 북문에는 이러한 방이 붙어 있었다.

얼마 전 돈과 곡식을 훔쳐 간 자는
다름 아닌 활빈당의 우두머리 홍길동이다.

함경 감사는 어서 홍길동을 잡아들이라고 성화였다.

그러거나 말거나 길동은 둔갑법과 축지법을 써서 처소에 돌아온 뒤였다.

●

"나는 활빈당 우두머리 홍길동이다.

그대가 나를 잡으려 하기에 내가 미리 그대를 한번 떠보았다.

이제 나의 위엄을 잘 알겠느냐?"

●

여봐라,
진짜 길동을 **잡아라!**

하루는 길동이 여러 부하를 모아 놓고 말했다.

"얼마 전 우리는 합천 해인사에 가서 재물을 빼앗고, 함경 감사가 탐욕을 부려 모은 돈과 곡식을 훔쳤다. 이 일로 우리에 대한 소문이 널리 퍼진 모양이다. 여기저기 내 얼굴을 그린 방까지 붙었으니, 얼마 가지 않아 잡힐 수도 있다."

모두 걱정스러운 눈빛을 하고 길동을 바라보는데, 그가 다시 말했다.

"그러나 그대들은 나의 재주를 보라."

길동은 즉시 짚으로 인형 7개를 만들어서 주문을 외며, 인형에 혼을 불어넣었다. 그러자 7명의 길동이 생겨났다. 여러 명의 길동

이 한꺼번에 팔을 휘두르며 크게 소리치고 한곳에 모여 야단스럽게 지껄이는 모습은 정말 굉장했다. 누가 진짜 길동인지 알아보지 못할 정도였다.

"이제 이 길동들을 방방곡곡에 심어 놓고자 한다."

길동은 7명의 길동을 각각 팔도에 1명씩 자리 잡도록 했다. 진짜 길동까지 합치면 8명의 길동이 팔도에 하나씩 흩어져서 각각 사람 수백 명씩 거느리고 다니게 된 것이다. 사람들은 어디에 있는 것이 진짜 길동인지 알 수가 없었다.

여덟 길동은 팔도를 돌아다니며 활약했다. 바람과 비를 마음대로 불러오는 술법을 부리고, 각 읍 창고에 있던 곡식을 하룻밤 사이에 몰래 가져가기도 하였다. 지방에서 서울 관원에게 올려 보내던 물품을 가로채기도 했다. 팔도의 각 읍이 8명의 홍길동 때문에 시끄러웠다. 부자들은 밤에는 잠을 설치고 낮에는 길을 마음대로 다니지 못하였다.

길동 때문에 전국이 요란해지자 감사가 임금에게 글을 써서 보고하였다.

"요즘 난데없이 나타난 홍길동이라는 자가 큰 문제이옵니다. 그가 비와 바람을 일으키는 도술을 부리며 각 읍의 재물을 빼앗고, 서울로 올려 보내는 물품을 가로막고 있습니다. 이 도적을 잡지 않으면 나중에 큰 화가 생길 것입니다. 엎드려 바라건대 임금께서 포도청에 일러 홍길동을 잡게 하옵소서."

임금은 크게 놀라 당장 포도대장을 불러들였다. 그러는 사이에도 팔도에서 올려 보낸 장계*가 계속해서 도착했다. 모두 홍길동을 잡아 달라는 내용이었다.

그런데 이상한 점이 있었다. 팔도에서 돈과 곡식을 잃은 날짜가 한날한시라는 것이다. 홍길동이 여러 명이란 말인가? 임금은 깜짝 놀랐다.

"재주가 아무리 뛰어나다고 한들, 팔도 각각을 한날한시에 어떻게 도적질하는가? 보통 도적이 아니구나. 좌포도대장과 우포도대장이 직접 군사를 이끌고 나가 길동을 잡아 오라."

우포도대장 이흡이 아뢰었다.

"전하, 신이 군사를 이끌고 나가서 그 도적을 잡아 오겠사오니 근심하지 마시옵소서. 도적 하나 잡는 데 좌우 포도대장이 어찌 한꺼번에 나가겠습니까?"

임금은 고개를 끄덕였다.

* **장계** 왕명을 받고 지방에 나가 있던 신하가 그곳의 중요한 일을 왕에게 보고하는 문서.

임금은 우포도대장 이흡만 보내기로 하고, 급히 출발하라고 일렀다.

이흡은 임금께 인사를 드리고 나온 뒤에, 수많은 관졸을 거느리고 출발하였다. 관졸들에게는 아무 날 문경에서 모이자고 명령하였다.

이흡은 약간의 포졸을 데리고, 행인 차림을 하고 포도대장임을 숨기며 다녔다.

하루는 날이 저물어 주점을 찾아 쉬고 있는데, 나귀를 타고 돌아다니던 소년이 이흡에게 인사하였다. 이흡이 답례를 하니 소년이 갑자기 한숨을 지으면서 말했다.

"소생이 비록 시골에 있으나, 나라를 위해 근심하는 마음은 누구 못지않습니다. 온 천하가 임금의 땅이고 모든 백성이 임금의 신하인데 어찌 마음이 편하겠습니까."

이흡이 일부러 놀라는 체하며 물었다.

"그게 무슨 말이오?"

"홍길동이라는 도적이 팔도를 다니며 소란을 피운다고 합니다. 이 때문에 인심이 들썩들썩하고요. 그런데도 그놈을 잡지 못하니 어찌 분하지 않겠습니까?"

이흡은 흡족한 마음이 들었다. 소년을 다시 보니 범상치 않아

보였다.

"이제 보니 기골이 장대하고 말이 충직한 사내로다. 나와 함께 그 도적을 잡는 것이 어떻겠소?"

"나도 도적놈을 잡고 싶었지만 용기 있는 사람을 만나지 못하여 가만있던 참이었습니다. 도적을 잡고 싶은 마음은 굴뚝같지만, 나는 그대가 어떤 재주를 가졌는지 알지 못합니다. 그러니 조용한 곳에 가서 시험해 보아도 되겠습니까?"

이흡은 흔쾌히 허락하였다. 두 사람은 함께 산속으로 향했다.

소년이 말했다.

"두 발로 나를 차서 넘어뜨려 보십시오."

그러고는 벼랑 끝에 나가 앉았다. 이흡은 참으로 우스운 생각이 들었다.

'제아무리 힘이 세다고 한들 내가 한번 차는데 어찌 떨어지지 않겠는가.'

이흡은 온 힘을 다하여 두 발로 소년을 힘껏 찼다. 그러나 이흡의 생각과는 달리 소년은 꿈쩍도 않았다. 소년은 여유롭게 돌아앉으며 말했다.

"그대는 정말 장사입니다. 내가 지금껏 여러 사람을 시험해 보았지만 이렇게 나를 움직이게 한 자가 없었습니다. 그대의 발길질에 내 오장*이 울린 듯합니다. 이제 그대의 힘을 알았으니 함께합

시다. 나를 따라오면 길동을 잡을 수 있을 것입니다."

소년이 이흡을 데리고 첩첩산중으로 들어갔다. 이흡이 따라가면서 속으로 생각하였다.

'으음⋯⋯. 저자를 조금도 움직이지 못했다. 나도 힘이라면 자랑할 만한데 오늘 저 소년의 힘을 보니 놀랍구나. 얼떨결에 이곳까지 따라왔지만 근심할 것이 없겠구나.'

한참을 걷다가 소년이 갑자기 돌아섰다.

"이곳이 길동의 소굴입니다. 내가 먼저 들어가 살펴볼 테니 그대는 여기서 기다리십시오."

이흡은 기다리는 수밖에 없었다.

얼마나 지났을까. 한참의 시간이 흐르고 나서 갑자기 계곡을 따라서 수십 명의 군졸들이 요란하게 소리를 지르며 내려오기 시작했다. 이흡은 깜짝 놀라 도망가려고 했지만 빠르게 내달려 오는 군졸들을 피할 수는 없었다. 군졸들이 이흡을 크게 꾸짖었다.

"네가 포도대장 이흡이냐? 우리는 염라대왕의 명을 받아 너를 잡으러 왔다."

군졸들이 이흡의 목을 옭아매고 바람같이 몰아가니, 포도대장은 혼이 빠져 어쩔 줄을 몰랐다.

---

* **오장** 간장·심장·비장·폐장·신장의 다섯 가지 내장.

드디어 어딘가에 이르러 군졸들은 소리를 지르며 이흡을 꿇어 앉혔다. 이흡이 정신을 차려 앞을 쳐다보았다. 넓고 화려한 궁궐 안에 무수히 많은 장수들이 주위에 늘어서 있는 것이 보였다. 어좌에 앉아 있던 자가 성난 목소리로 외쳤다.

"너처럼 하찮은 놈이 어디 홍 장군을 잡으려 하는가? 내 너를 잡아 지옥에 가두리라!"

이흡이 겨우 정신을 차리고 말했다.

"소인은 인간 세상의 보잘것없는 사람입니다. 죄도 없이 잡혀 왔으니 제발 살려 주시기 바랍니다."

곧바로 웃으며 꾸짖는 소리가 들렸다.

"이 사람아. 나를 자세히 보라. 나는 활빈당 우두머리 홍길동이다. 그대가 나를 잡으려 하기에 내가 미리 그대를 한번 떠보았다. 푸른 도포를 입은 소년으로 꾸며 그대를 이리로 데려온 것이다. 이제 나의 위엄을 잘 알겠느냐?"

말을 마치고는 부하들을 시켜 이흡에게 감겨 있던 쇠사슬을 풀어 주었다. 그러고는 부하들에게 술을 내어 오게 하더니 이흡을 마루에 앉히고 술을 한잔 권하였다.

"부질없는 일을 벌이지 말고 빨리 돌아가라. 어디 가서 홍길동을 보았다고 말하면 반드시 내가 죄를 물을 것이다. 그러니 살고 싶으면 그런 말은 입 밖에 내지도 말거라."

길동은 술을 한잔 더 권한 뒤, 부하들에게 이흡을 내보내라고 시켰다.

'이것이 꿈인가 생시인가? 내가 여기 어찌 오게 되었을까?'

이흡은 자신에게 일어난 일들이 믿기지 않았다. 얼른 일어나 도망가려고 했지만 팔다리를 움직일 수 없었다. 괴이한 생각이 들어 정신을 차리고 살펴보니 자기 몸이 가죽 부대 속에 들어 있는 것이었다. 간신히 나와 보니 부대 셋이 나무에 걸려 있었다. 차례로 내려서 끌렀더니 그 안에 처음 떠날 때 데리고 왔던 부하들이 들어 있었다. 관졸들도 영문을 모르고 어리둥절했다.

"이게 어찌 된 일인고? 우리가 떠날 때는 분명 문경에서 모이자 하였는데 어찌 이곳에 오게 된 것일까?"

모두 놀라서 사방을 두루 살펴보니 이곳은 바로 서울의 북악산이었다. 네 사람이 어이없어 서로를 멍하니 바라보았다. 이흡이 물었다.

"너희는 어쩌다가 여기 왔느냐?"

세 사람이 함께 아뢰었다.

"소인들은 주점에서 자고 있었는데, 갑자기 바람과 구름에 휩싸여 이리 왔습니다. 도대체 어찌 된 까닭인지 모르겠습니다."

이흡은 기가 막혀 하면서도 부하들에게 당부하였다.

"이 일이 너무나 허무맹랑하니 남에게 말하지 말아라. 길동의 재주는 헤아릴 수 없으니 사람의 힘으로 어떻게 잡겠는가?"

그러고는 힘없이 덧붙였다.

"지금 아무 성과 없이 돌아간다면 죄를 면치 못할 것이다. 몇 달 더 기다리다가 가자."

●

"10년이 지나면 이 땅을 떠나 새로운 곳으로 가려고 합니다.

엎드려 빌건대 임금께서는 근심하지 마시고,

신을 잡으라는 명령을 거두어 주십시오."

●

허수아비를
잡아들이다

시간이 지나도 길동이 잡힐 기미는 보이지 않았다.

임금은 팔도에 공문을 내려 길동을 잡으라고 명령하였다. 그러나 길동이 그렇게 쉽게 잡힐 리 없었다. 어느 날은 서울의 큰길에서 수레를 타고 돌아다녔고, 어느 날은 각 고을에 자기가 갈 날짜를 미리 공문으로 알려 놓고는 가마를 타고 버젓이 왕래하기도 했다. 또 어느 날은 암행어사의 모습으로 꾸며 탐관오리의 목을 자르고 이를 임금에게 알리기도 했다. 그렇게 날뛰어도 길동은 잡히지 않았다. 임금의 노여움은 더욱 더해졌다.

"이놈이 방방곡곡 돌아다니며 난리를 치는데도 아무도 잡지 못하니, 이를 어찌해야겠는가?"

임금은 삼정승*과 육판서*를 모아 놓고 의논을 했다. 그러는 와중에도 연이어 상소가 올라왔다. 역시나 팔도에서 홍길동이 소동을 부리고 질서를 어지럽힌다는 내용을 담고 있었다. 임금이 상소를 다 읽고는 근심스러운 목소리로 말했다.

"이놈이 아무래도 사람이 아니라 귀신인 것 같다. 대체 길동이란 자의 정체가 무엇인고?"

한 신하가 나와서 아뢰었다.

"제가 알기로 홍길동은 전임 이조 판서 홍 아무개의 서자요, 병조 좌랑 홍인형의 서제*입니다. 그 부자를 잡아 와서 친히 물으시면 될 것입니다."

임금은 더욱 화를 냈다.

"한시가 급한데 그런 중요한 말을 이제야 하는가? 얼른 홍 판서를 잡아들여라!"

곧 홍 판서와 인형이 잡혀 왔다. 임금은 먼저 인형에게 죄를 물었다. 임금이 책상을 치며 꾸짖었다.

* **삼정승** 국가 주요 정책을 맡아보던 세 벼슬. 영의정·좌의정·우의정을 말함.
* **육판서** 나랏일을 나누어 맡아보던 육조의 으뜸 벼슬.
* **서제** 아버지의 첩에게서 난 아우.

"길동이라는 도적이 너의 서제라는데, 어찌 그냥 두어 나라에 큰 재앙이 되게 하느냐? 빨리 잡아들여 문제를 해결하라!"

인형은 머리를 조아리며 아뢰었다.

"신을 용서하시옵소서. 신의 천한 아우가 몇 년 전 사람을 죽이고 달아났습니다. 그렇게 떠난 지 몇 년이 지났습니다. 그동안 아우 길동의 생사를 알지 못해 신의 늙은 아비는 큰 병을 얻고 위독한 지경에 이르렀습니다. 길동을 막지 못해 나라에 근심을 끼쳤으니 신의 죄는 만 번 죽어도 아깝지 않습니다. 하지만 부디 제 아비를 용서하시고 집에 돌아가 병을 돌보게 해 주십시오. 그럼 신이 목숨을 바쳐 길동을 잡아 오겠습니다."

임금은 인형의 말을 듣고 감동하여 즉시 홍 판서를 풀어 주고, 인형에게 경상 감사 직위를 내렸다.

"감사의 자리에 있으면 길동을 잡는 데 도움이 될 것이다. 1년을 줄 테니 반드시 그 안에 길동을 잡아들여라."

인형은 임금에게 수없이 절하며 은혜에 감사하고 물러섰다.

바로 그날 인형이 경상 감사로 부임하자마자 처음으로 한 일이 각 읍에 공문을 붙이는 것이었다. 공문은 다음과 같은 내용을 담고 있었다.

사람에게는 오륜*이 가장 중요하다. 이를 모른 채 임금과 부모의 명을 거역하고, 충성하지 않고 효도하지 않으면 어찌 세상을 온전하게 살겠는가. 나의 아우 길동은 도리를 잘 알 것이니, 스스로 형을 찾아오기를 바란다. 아버지께서는 너 때문에 깊은 병에 들었고 임금께서는 크게 근심하신다. 너의 죄악이 가득 차서 넘치는 셈이다. 그리하여 임금께서는 특별히 나를 감사로 임명하여 너를 잡아들이라 하셨다. 만일 잡지 못하면 우리 홍씨 집안의 여러 대에 걸친 깨끗한 덕이 하루아침에 무너질 것이다. 어찌 슬프지 않겠는가. 바라건대 아우 길동은 깊이 생각하여 일찍 자수하라. 그러면 너의 죄도 덜어질 것이요, 우리 가문도 보존될 것이다.

감사 인형은 이 공문을 각 읍에 붙인 뒤 길동이 자수하기만 기다렸다.

하루는 나귀를 탄 소년 하나가 하인 수십 명을 거느리고 인형이 머무르는 곳 문밖에 와서 뵙기를 청하였다. 인형이 들어오라 전하니 그 소년이 대청 위에 올라와 인사를 했다.

---

* **오륜** 사람이 지켜야 할 다섯 가지 도리. 군신유의(임금과 신하 사이의 도리는 의리에 있음), 부자유친(아버지와 아들 사이의 도리는 친애에 있음), 부부유별(남편과 아내 사이의 도리는 서로 침범하지 않음에 있음), 장유유서(어른과 어린이 사이의 도리는 엄격한 차례가 있고 복종해야 할 질서가 있음), 붕우유신(벗과 벗 사이의 도리는 믿음에 있음)을 말한다.

인형이 눈을 들어 자세히 보니, 그토록 기다리던 길동이었다. 인형은 기쁘기도 하고 놀랍기도 하여 주위 사람들을 물러가게 하고, 길동의 손을 잡고 흐느껴 울면서 말했다.

　　"길동아! 네가 집을 떠난 뒤에 아버지께서는 고칠 수 없는 큰 병을 얻으셨다. 너는 갈수록 불효를 끼칠 뿐 아니라 나라에도 큰 근심이 되고 있다. 도대체 무슨 생각으로 불충과 불효를 하였느냐? 왜 도적이 되어 세상을 떠들썩하게 하느냐? 이제 더는 피하기 어려운 큰 죄를 짓지 말아라. 어서 서울로 올라가 임금의 명령을 따르거라."

　　형의 눈에서 눈물이 비 오듯 흘렀다. 길동은 머리를 숙이고 말했다.

　　"저는 아버지와 형을 구하기 위해 여기 왔습니다. 어찌 다른 말을 덧붙이겠습니까? 아아, 대감께서 애초에 천한 길동을 위하여 아버지를 아버지라 부르게 하고 형을 형이라 부르게 하셨다면 이렇게 되지는 않았을 것입니다. 그러나 지나간 일을 말해 봐야 무슨 소용이 있겠습니까? 저는 순순히 잡힐 것입니다. 이제 저를 묶어 서울로 올려 보내십시오."

　　길동은 다시 말이 없었다. 인형은 길동의 말을 듣고 슬퍼하면서도 길동이 자수한 사정을 공문으로 쓰고, 길동의 목에 칼*을 채우고 발에 차꼬*를 채워 죄인을 호송하는 수레에 태웠다. 건장한 장교 10명 정도를 뽑아 길동을 호송하게 한 뒤, 밤낮을 가리지 말고 빨리 서울로 가라고 부탁했다.

백성들은 길동이 잡혀서 온다는 소문을 듣고 각 읍을 지날 때마다 길에 모여서 구경을 하였다.

그런데 얼마 뒤 깜짝 놀랄 일이 일어났다. 팔도에 있던 8명의 길동이 한꺼번에 서울로 올라온 것이다. 여기에서도 홍길동이 잡혀 오고, 저기에서도 홍길동이 잡혀 오니 조정과 서울 사람들은 어찌 된 영문인지 몰라 어안이 벙벙할 따름이었다. 임금이 놀라서 온 조정의 신하들을 모으고 여러 명의 길동을 심문하려고 나섰다.

8명의 길동이 서로 시끄럽게 다투었다.

"네가 진짜 길동이지, 나는 가짜다."

"무슨 소리냐! 절대 아니다. 저기 저 사람이 길동이다."

"어허, 내 얼굴에 가짜라고 써 있는 게 안 보이는가?"

서로 다투는 모습을 보니 누가 진짜 길동인지 도무지 분간할 수가 없었다. 임금은 머리가 지끈 아플 지경이었다. 그리하여 즉시 홍 판서를 불렀다.

＊ **칼** 죄인에게 씌우던 형틀.

＊ **차꼬** 죄수를 가두어 둘 때 쓰던 기구. 두 개의 기다란 나무토막을 맞대어 그 사이에 구멍을 파서 죄인의 두 발목을 넣고 자물쇠를 채우게 되어 있다.

"아비가 적어도 자식 얼굴은 알아보겠지. 저 8명 중에서 경의 진짜 아들을 찾아내라."

홍 판서가 머리를 조아리면서 아뢰었다.

"신의 천한 자식 길동은 왼편 다리에 붉은 혈점이 있습니다. 그것으로 구분할 수 있을 것입니다."

그러고는 8명의 길동을 꾸짖었다.

"바로 앞에 임금님이 계시고 그 아래에 아비가 있는데, 네가 이렇듯 씻을 수 없는 죄를 짓는단 말이냐! 너는 죽는 것을 아까워하지 말거라."

이렇게 말하였지만 홍 판서의 마음은 무너지는 것 같았다. 갑자기 홍 판서는 그 자리에서 피를 토하며 엎어져서 기절을 했다. 자식으로 인한 근심이 몸에 화를 부른 것이었다. 임금이 크게 놀라 의원을 불러 치료하게 했지만 효험이 없었다. 8명의 길동이 이 모습을 보고 다 같이 눈물을 흘렸다. 그러더니 주머니에서 환약 한 개씩을 내어 홍 판서의 입에 넣었다. 잠시 후 홍 판서가 정신을 차렸다.

8명의 길동이 임금에게 아뢰었다.

"신의 아비가 나라의 은혜를 많이 입었는데 신이 어찌 감히 나쁜 짓을 하겠습니까? 신은 본래 천한 종의 몸에서 태어났기에 아버지를 아버지라 부르지 못하고 형을 형이라 부르지 못하였습니다. 이것이 평생 한으로 맺혀서 집을 버리고 도적의 무리에 들어가게 된 것입니다. 그러나 죄 없는 백성들의 재물은 조금도 빼앗지 않았고, 각 읍 수령이 백성들을 들볶아 착취한 재물만 빼앗았을 뿐입니다.

　신에게는 계획이 있습니다. 10년이 지나면 이 땅을 떠나 새로운 곳으로 가려고 합니다. 엎드려 빌건대 임금께서는 근심하지 마시고, 신을 잡으라는 명령을 거두어 주십시오."

　말을 마치며 8명의 길동이 한꺼번에 넘어졌다. 자세히 보니 다 풀로 만든 허수아비였다. 임금은 깜짝 놀라서 진짜 길동을 잡으라는 공문을 다시 팔도에 내렸다.

•

"비록 죄를 지었으나,

길동은 어디서도 보기 힘든 신기한 재주를 지닌 사람이다.

이제 나는 그를 잡지 않겠다."

임금은 팔도에 길동을 용서한다는 글을 내렸다.

•

병조 판서를 할
생각이 없느냐?

길동은 허수아비를 없앤 뒤, 전국을 두루 돌아다니다가 사대문에 글을 써 붙였다.

무슨 수를 써도 결코 저를 잡지 못할 것입니다.
그러나 병조 판서 벼슬을 내리시면 순순히 잡히겠습니다.

임금은 바로 신하들을 모아 의논했다.
"전하, 말도 안 되는 일이옵니다. 도적에게 병조 판서 벼슬을 내리다니요. 이 사실을 이웃 나라가 알기라도 하면 뭐라고 생각하겠사옵니까."

임금이 곰곰이 생각하니 신하들의 말이 옳았다. 그래서 길동의 형인 경상 감사 인형에게 어서 길동을 잡으라고 재촉하였다. 인형은 진땀을 흘리며 어쩔 줄을 몰라 하였다.

그러던 어느 날, 길동이 홀연히 하늘에서 내려오더니 인형에게 절하며 말했다.

"제가 진짜 길동이옵니다. 형님께서는 아무 염려 마시고 저를 묶어서 서울로 보내십시오."

인형이 길동의 손을 잡고 눈물을 흘렸다.

"이 철없는 아우야. 어찌 이리도 아버지와 형의 가르침을 듣지 않고 온 나라를 떠들썩하게 하느냐. 이렇게 네가 진짜 몸으로 와서 잡혀가겠다고 하니 기특하고 고맙지만 또 한편으로는 마음이 찢어지는구나."

인형은 급히 길동의 왼쪽 다리를 살펴보았다. 다행히 혈점이 있었다. 인형은 즉시 길동의 팔다리를 단단히 묶어 죄인을 호송하는 수레에 태운 다음, 건장한 장교 수십 명을 뽑아 철통같이 에워싸고 비바람같이 몰아서 갔다. 그러는 와중에도 길동의 얼굴빛은 조금도 변하지 않았다.

여러 날이 지나 드디어 서울에 다다랐다.

대궐 문 앞에 서서 길동이 한번 몸을 움직였더니 쇠사슬이 끊어지고 수레가 부서졌다. 길동은 마치 매미가 허물 벗듯 공중으로 올라가더니 나는 듯이 구름에 묻혀 사라졌다. 장교와 모든 군사가 어이없어서 궁중만 바라보며 넋을 잃고 있을 따름이었다. 임금이 이 사실을 알고는 더욱 걱정스러워하였다.

　"세상천지에 어떻게 이런 일이 생기는가?"

　신하 하나가 나서서 아뢰었다.

　"길동이 병조 판서 벼슬을 받는 게 소원이라고 말했던 것이 기억납니다. 그의 소원을 들어주면 어떻겠습니까? 그가 임금께 감사해하면 그때를 기회로 삼아서 다시 죄를 묻는 편이 낫겠습니다."

　임금이 고개를 끄덕이고는 길동에게 병조 판서를 내리겠다는 방을 사대문 여기저기에 써 붙이도록 했다.

　길동이 이 말을 듣더니 높은 관리들이 입는 옷을 차려입었다. 그러고는 사모관대*에 서띠*를 두르고 덩그런 수레에 의젓하게 높이 앉아서 큰길로 버젓이 들어오면서 말하였다.

　"홍 판서가 임금께 예를 갖춰 감사 인사를 드리러 왔소."

　병조의 하급 관리들이 그를 맞이하여 궐 안으로 들어갔다. 그러

* **사모관대** 벼슬아치들이 쓰는 모자와 입는 복장.
* **서띠** 정1품·종1품의 벼슬아치가 두르던 띠.

나 병조의 여러 관원들은 다른 속셈이 있었다. 그들은 속닥이며 길동을 잡을 계략을 짰다.

"도끼와 칼을 쓰는 군사를 몰래 숨겨 놓자. 이따가 길동이 나오거든 다 함께 길동을 잡아서 단칼에 죽여 버릴 테다."

이를 아는지 모르는지 길동은 임금 앞에 예를 갖추어서 절을 하였다.

"신의 죄가 이렇듯 큰데도 도리어 은혜를 입었사옵니다. 이제 저는 평생의 한을 풀고 돌아갑니다. 신하 된 도리로 전하를 모시는 것이 마땅하지만 그럴 수 없기에 전하와 영원히 작별하려 합니다. 부디 만수무강하옵소서."

길동이 갑자기 공중에 붕 떴다. 그러더니 온몸이 구름에 싸여서 알 수 없는 곳으로 사라졌다. 임금이 이 모습을 보고 감탄하며 말했다.

"비록 죄를 지었으나, 길동은 어디서도 보기 힘든 신기한 재주를 지닌 사람이다. 이제 나는 그를 잡지 않겠다. 스스로 조선을 떠난다는 약속을 지켰으니 다시는 폐를 끼칠 일이 없을 것이다. 비록 수상하기는 하나, 그가 대장부다운 통쾌한 마음을 가졌으니 염려하지 않겠다."

임금은 팔도에 길동을 용서한다는 글을 내렸다.

한편 길동은 활빈당 소굴에 돌아와 부하들에게 명령하였다.

"잠시 다녀올 곳이 있다. 너희들은 아무 데도 가지 말고 내가 돌아오기를 기다려라."

그러고는 몸을 솟구쳐 어디론가 향하더니 다른 나라에 도착했다. 그곳은 바로 율도국이었다. 사방을 둘러보니 산과 물이 깨끗하고 경치가 매우 좋았다. 이곳이야말로 사람들이 사람답고 편안하게 살 만한 곳이었다.

율도국을 살펴보고 난 뒤에는 제도라 불리는 섬에 들어가 두루 돌아다니면서 산천을 구경하고 그곳 인심도 살폈다. 오봉산에 이르니 멋들어지는 풍경이 펼쳐졌다. 그곳 둘레가 700리요, 곳곳에 기름진 논이 가득하여 살기에 정말 알맞을 듯했다.

'내 이미 조선을 떠났으니 이곳에 와 조용히 지내야겠다. 그리고 나중에 큰일을 꾀하리라.'

길동은 가벼운 마음으로 활빈당 소굴로 돌아와서 부하들을 모아 놓고 이야기했다.

"그대들은 어서 양천강에 가서 배를 많이 만들어라. 몇 월 며칠 서울 한강에서 만나도록 하자. 그동안 내 임금께 부탁해 벼 1천 석을 구해 올 것이니, 배로 쌀을 싣고 내가 이끄는 곳으로 가자. 그대들은 나와의 약속을 꼭 기억하라."

●

"전하께서는 지난번 신에게 병조 판서 벼슬을 내리셨고,

그야말로 평생의 한이 풀렸습니다.

신은 이제 조선을 떠나려고 합니다.

엎드려 바라건대 전하께서는 만수무강하십시오."

●

괴물을 물리치고
부인을 얻다

　길동이 떠난 뒤로 홍 판서의 병은 깨끗이 나았고 임금도 근심 없이 지내게 되었다. 길동이 세상을 시끄럽게 하는 일이 없었기 때문이다.

　그러던 구월 보름께에 임금이 달빛을 받으며 궐 안의 동산을 배회하고 있을 때, 갑자기 한 줄기 맑은 바람이 불며 공중에서 피리 소리가 맑게 울려왔다. 한 소년이 내려와 임금 앞에 엎드렸다. 임금은 놀라서 물었다.

　"신선 세계에 사는 아이임이 틀림없구나! 어찌하여 인간 세상에 내려왔느뇨?"

　소년은 땅에 엎드려 아뢰었다.

"신은 전임 병조 판서 홍길동이옵니다."

임금이 깜짝 놀라서 물었다.

"네가 깊은 밤에 어찌 왔느냐?"

"미처 말씀드리지 못한 것이 있습니다. 신은 전하를 오랜 시간 동안 모시고 싶었으나, 천한 종의 몸에서 태어난지라 관직에 나갈 수 없었습니다. 문과에서도, 무과에서도 환영받지 못할 운명이었지요. 답답한 마음에 멋대로 떠돌아다니다가 관청에 폐를 끼치고 조정에 죄를 지었던 것입니다. 부디 전하께서 알아주시기를 바랐습니다.

그렇지만 전하께서는 지난번 신에게 병조 판서 벼슬을 내리셨고, 그야말로 평생의 한이 풀렸습니다. 신은 이제 조선을 떠나려고 합니다. 엎드려 바라건대 전하께서는 만수무강하십시오."

말을 마치고 길동은 공중으로 올라가 나는 듯이 사라졌다. 임금은 그 재주에 감탄할 수밖에 없었다.

그 뒤로 나라는 조용하였고 사방이 태평하였다.

길동은 조선을 떠난 뒤, 남경 땅 제도라는 섬으로 들어갔다. 미리 얻은 1천 석의 쌀을 자금으로 삼아, 이곳에 수천 호의 집을 짓고 농사를 짓는 데 힘썼더니 양식이 풍족해졌다. 또한 길동은 제대로 된 무기 창고를 짓고, 군법을 정비하고, 병사들을 잘 훈련시켰다.

하루는 길동이 화살촉에 바를 약을 구하러 망당산으로 가다가 낙천 땅에 이르렀다. 그곳에는 부자 백룡이라는 사람이 딸 하나를 두고 있었다. 백룡은 재주가 비상한 딸을 참으로 아꼈다.

그러던 어느 날, 바람이 사납게 휘몰아치면서 딸이 사라져 버렸다. 백룡 부부는 많은 돈을 들여 사방으로 찾았으나 딸이 간 곳을 알 수 없었다. 상심한 부부는 조건을 내걸었다.

"누구라도 내 딸을 무사히 데려와 주면 내가 가진 재산의 반을 주고 사위로 삼겠네."

길동도 백룡의 딸에 대한 이야기를 들었다. 딸을 잃어버린 백룡을 생각하면 측은한 마음이 들었으나 어찌할 도리가 없었다.

며칠 뒤의 일이다.

이날은 길동이 망당산에 약초를 캐러 들어간 날이었다. 시간 가는 줄 모르고 풀을 찾다 보니 날이 금세 저물어서 난감해졌다. 그때 저 멀리서 사람 소리가 들리며, 환한 불빛이 비쳤다. 길동은 이끌리듯 그곳으로 향했다.

그런데 그곳에는 사람이 아닌 괴물이 앉아 지껄이고 있었다. 울동이라는 괴물이었다. 여러 해 묵은 이 괴물은 사람의 모습으로 변장하는 법도 알았다.

'저 괴물을 그냥 둘 수 없지!'

길동은 몸을 감추고 활로 그 짐승을 쏘았
다. 길동이 쏜 화살은 정확히 괴수의 몸에 맞았고,
다른 괴물들은 모두 소리를 지르며 달아났다.

길동은 나무에 의지하여 밤을 지새우다가 이튿날 다시 산속을
두루 돌아다니면서 약을 캤다. 그때 갑자기 몇몇 사람이 나타나서
길동을 보고 물었다.

"그대는 무슨 일로 이 깊은 곳에 이르렀소?"

"이 산에 들어와 약을 캐는 중이었소. 내가 의술을 조금 공부해
서 약초에 대해 잘 알거든. 어쨌든 깊은 산속에서 그대들을 만나
다행이오."

"우리는 이곳에 산 지 꽤 오래되었소. 그런데 어젯밤에 우리 왕

이 부인을 새로 맞아들이고 잔치를 열었다가 그만 하늘에서 내린 화살을 맞게 되었소. 지금 상태가 위중하다오. 그대가 의술을 안다고 하니 우리 왕을 좀 고쳐 주실 수 없겠소? 좋은 약을 써서 왕의 병을 고쳐 주면 분명 큰 상을 받을 것이오."

길동은 어제 본 괴물들이 사람으로 변장하여 자기에게 왔다는 것을 알았다.

'옳거니. 어젯밤에 내가 쏜 화살에 맞은 괴물이 왕이었구나.'

길동은 그들의 부탁을 흔쾌히 들어주기로 하고 그들을 따라갔다.

곧 괴물들이 길동을 인도하여 어느 문 앞으로 데려갔다. 그림으로 장식된 집이 넓고도 아름다웠다. 그 가운데 흉악한 몰골을 한 괴물이 누워서 끙끙 앓으며 신음하고 있었다. 괴물은 길동을 보고 억지로 몸을 움직이면서 말했다.

"우연히 하늘로부터 내린 화살을 맞아 이렇게 위독하게 되었소. 부하들이 그대를 보고 명의라고 하던데, 하늘이 나를 살리려나 보오. 부디 그대는 재주를 아끼지 마시오."

길동이 감사 인사를 건네고 말했다.

"먼저 몸속을 치료할 약을 쓰고 난 다음에 바깥의 상처들을 치료할 약을 쓰는 것이 좋겠습니다."

괴물이 고개를 끄덕였다. 곧 길동은 약주머니에서 독약을 꺼내서 따뜻한 물에 타서 먹였다. 한참 만에 괴물이 외마디 비명을 지

르며 죽었다. 그러자 모든 요괴가 길동에게 달려들었다. 길동은 신통술을 부려 요괴들을 전부 물리쳤다.

이때 갑자기 길동 앞에 젊은 여자 둘이 나타나서 살려 달라고 애걸하였다.

"부디 그냥 지나치지 마세요! 저희는 요괴가 아니라 인간 세상 사람이에요! 억울하게 이곳에 잡혀 와 있었답니다. 부디 저희들을 구하여 세상으로 돌아가게 해 주세요."

'백룡이 딸을 찾고 있었는데……. 혹시 그의 딸인가?'

길동은 혹시나 하여 여인들에게 원래 살던 곳을 물어보았다. 아니나 다를까, 사연을 듣고 보니 한 여자는 백룡의 딸이었고 또 한 사람은 조철의 딸이었다.

길동은 두 여자를 구출해서 제 부모에게 데려다주었다. 두 부모들은 모두 기뻐하면서 길동에게 자기 딸들을 아내로 맞아 달라고 부탁했다. 그리하여 길동에게는 두 명의 부인이 생겼다. 첫째 부인은 백 소저*요, 둘째 부인은 조 소저였다. 하루아침에 두 아내를 얻게 된 것이다. 길동은 두 집 가족들을 모두 거느리고 제도섬으로 갔다. 모든 사람들이 길동의 일행을 반기며 축하해 주었다.

하루는 길동이 하늘을 보다가 놀라면서 눈물을 흘렸다. 주위에

---

* **소저** '아가씨'를 한문 투로 이르는 말.

서 무슨 까닭으로 슬퍼하느냐고 물었다. 길동이 긴 한숨을 쉬며 말하였다.

"나는 지금껏 하늘의 별을 보고 부모의 안부를 짐작하고는 했다. 그런데 지금 하늘의 움직임을 보니 아버지의 병세가 위중하신 것 같구나. 그러나 내가 조선과는 멀리 떨어진 곳에 있어서 걱정이다. 아버지께서 돌아가시기 전에 집에 가 보아야겠다."

이튿날 길동은 월봉산에 들어가서 훌륭한 묘터를 구하고, 무덤을 꾸밀 여러 가지 돌조각들을 정성 들여 준비하였다. 또한 부하들에게 큰 배 한 척을 조선국 서강 강변으로 몰고 가서 기다리라고 명하였다. 길동은 즉시 머리를 깎고 중의 모습을 한 뒤, 작은 배 한 척을 타고 조선으로 향하였다.

●

"형님께서 어찌 아우를 몰라보십니까?"

인형은 그제야 중이 길동이라는 것을 알아보았다.

둘은 서로 붙잡고 통곡하였다.

●

다시 **어머니**를
만나다

나날이 쇠약해진 홍 판서는 부인과 인형을 불러 유언을 남겼다.

"죽어도 한은 없지만 지금껏 길동의 생사를 알지 못하는 것만은 한스럽구나. 길동이 살아 있다면 반드시 다시 찾아올 것이다. 이제는 적자*와 서자*를 차별하지 말고, 서자의 어머니도 존중하거라."

이 말을 마치고 홍 판서는 세상을 떠났다. 온 집안이 슬픔에 잠겼다.

가족들은 장사를 치르면서 적당한 묏자리를 구하지 못해 난처

---

* **적자** 정실부인이 낳은 아들.

* **서자** 양반과 양민 여성 사이에서 낳은 아들. 홍길동은 '얼자'인데 얼자는 양반과 천민 여성 사이에서 낳은 아들을 말한다.

해하였다. 그러던 어느 날, 문지기가 달려와 아뢰었다.

"어떤 중이 오더니 조문하겠다고 합니다."

가족들이 이상하게 여겨 들어오라 했더니, 그 중이 들어와 목을 놓아 크게 우는 게 아닌가. 모두 어찌 된 일인지 몰라 서로 얼굴만 쳐다보았다. 중은 서럽게 통곡한 뒤 인형에게 말을 건넸다.

"형님께서 어찌 아우를 몰라보십니까?"

인형은 그제야 중이 길동이라는 것을 알아보았다. 둘은 서로 붙잡고 통곡하였다.

"아우야, 이제야 오느냐! 아버지께서 돌아가시기 전에 얼마나 너를 간절히 기다리셨는지 아느냐?"

인형은 길동의 손을 이끌고 안방에 들어가 유씨 부인에게 인사하게 하고, 길동의 어머니인 춘섬을 만나도록 하였다. 모자가 만나 한바탕 얼싸안고 울었다. 춘섬이 걱정스러운 얼굴로 물었다.

"네 어찌 중이 되어 다니느냐?"

"그간 조선을 떠나 머리를 깎고 중이 되어 풍수지리*를 배웠습니다. 제가 좋은 묏자리를 알아봐 두었으니 걱정 마십시오."

인형이 크게 기뻐하면서 말했다.

---

* **풍수지리** 땅의 형태나 위치, 방향 등을 인간의 길흉화복과 연결시켜, 죽은 사람을 묻거나 집을 짓는 데 알맞은 장소를 구하는 이론.

"너의 재주가 대단하구나. 좋은 터를 구했다니 더는 걱정할 필요 없겠구나."

다음 날이 되었다.

길동이 어머니 춘섬을 모시고 관을 운반하여 서강 강변에 이르렀다. 그곳에 이미 부하들에게 준비시킨 배가 기다리고 있었다. 배에 오른 뒤 노를 화살같이 빨리 저어 어딘가에 다다르니, 여러 사람이 수십 척의 배를 대기시켜 놓고 있었다. 서로 반기며 호위하여 가는 광경이 웅장하였다.

어느덧 일행들이 산 위에 다다랐다. 인형이 자세히 보니 산세가 웅장하고 묘소로 더할 나위 없이 좋은 곳이었다. 장례를 마치고 함께 길동의 처소로 돌아오니 길동의 두 부인인 백 씨와 조 씨가 기다리고 있었다. 두 부인은 얼른 시어머니와 아주버니 인형에게 예를 갖추었다.

여러 날이 지나서 인형은 조선으로 돌아가기로 하였고, 춘섬은 계속 그곳에 머무르기로 하였다. 인형은 길동에게 산소를 극진히 모시라고 당부한 뒤 조선으로 돌아갔다. 인형은 조선에 돌아와서 유씨 부인을 뵙고 전후 사실을 말씀드렸다.

"그게 정말이냐? 길동이 그런 섬에 머무르고 있다고?"

유씨 부인은 매우 신기하게 여겼다.

●

"드디어 내가 율도국을 치고자 한다! 그대들은 나를 따르라!"

길동은 군사를 일으켜서 율도국으로 향했다.

아무것도 두려울 것이 없었다.

길동은 율도국 철봉산에 도착해 전쟁이 시작되었음을 알렸다.

●

율도국의 왕,
홍길동이오!

3년이 지났다. 길동은 그동안 제사를 극진히 받들어 삼년상을 마쳤다. 또한 수많은 인재들을 모아서 무예를 익히게 하고 농업에 힘을 쓰기도 했다. 수년 만에 병사는 잘 훈련되었고 양식도 풍족해졌다.

'이제 율도국으로 갈 때가 되었다!'

제도의 남쪽에는 율도국이라는 나라가 있었다. 기름진 평야가 드넓게 펼쳐져 있어 살기에 좋은 나라였다. 길동은 율도국을 늘 마음속에 품고 있었다.

마침내 길동이 모든 사람을 불러 말하였다.

"드디어 내가 율도국을 치고자 한다! 그대들은 나를 따르라!"

길동은 군사를 일으켜서 율도국으로 향했다. 길동이 앞에 서고 민음직한 신하 마숙을 바로 뒤에 따르게 하고, 잘 훈련된 병사 오만 명과 함께하니 아무것도 두려울 것이 없었다. 길동은 율도국 철봉산에 도착해 전쟁이 시작되었음을 알렸다.

율도국은 난리가 났다. 율도국 태수 김현충은 난데없이 군사가 쳐들어온 것을 보고 혼비백산하여 바로 한 부대의 군사를 거느리고 달려 나왔다. 하지만 길동의 상대가 되지 않았다. 길동은 단 한 번 만에 김현충을 베고 철봉 땅을 얻게 되었다.

길동은 먼저 그곳 백성들을 달래어 위로하였다. 그리고 부하 최철을 시켜서 철봉을 지키게 하고는, 대군을 지휘하여 율도국 도성을 치러 갔다. 그에 앞서 길동은 율도국에 미리 격문*을 보냈다.

의병장 홍길동은 율도국 왕에게 이 글을 부친다. 임금은 한 사람의 임금이 아니요, 천하 만민의 임금이다. 내가 하늘의 명을 받아 군사를 일으켜서 율도국을 치려고 한다. 먼저 철봉에서 항복을 받고 물밀 듯 올라가는데, 가는 곳곳마다 모두 투항하고 있다. 이제 왕은 우리와 싸우고자 하거든 싸우고, 그렇지 않으면 일찍 항복하여 살기를 도모하라.

---

* 격문 군병을 모집하거나, 적군을 달래거나 꾸짖기 위한 글.

율도국 왕이 격문을 보고 나서 크게 놀라 소리쳤다.

"굳게 믿고 있던 철봉을 잃었으니 이제 어쩐단 말이냐! 우리가 어찌 이들과 대항하겠느냐!"

겁에 질린 율도국 왕은 모든 신하를 거느리고 항복했다.

길동은 성안에 들어가자마자 먼저 백성들을 달래어 안심시켰다. 길동은 왕위에 오른 뒤에 항복한 율도국 왕을 의령군에 봉했다. 믿음직한 부하 마숙과 최철을 각각 좌의정과 우의정으로 삼았고 나머지 여러 장수에게도 벼슬을 내렸다. 조정의 신하들이 만세를 불렀다.

길동이 왕이 되어 나라를 다스린 지 3년 만에 나라에 큰 변화가 일어났다. 농사가 잘되어서 먹을 것이 풍족하였다. 또 질서가 바로잡혀 산에는 도적이 없고 길에 떨어진 물건을 아무도 주워 갖지 않았다. 모두 태평성대라고 할 만했다.

어느 날, 왕 길동이 신하를 불러 당부하였다.

"내가 조선의 왕에게 글을 하나 드리고자 한다. 이것을 무사히 전해 달라."

길동은 이와 함께 집에 보낼 편지를 써서 함께 부쳤다.

길동의 명을 받은 신하는 조선에 도착하여 먼저 임금에게 길동의 글을 전하였다. 임금이 매우 반가워하며 길동을 칭찬하였다.

임금은 율도국 왕에게 답례하고자 인형에게 벼슬을 내려 율도국에 보냈다. 인형이 유씨 부인에게 이를 말씀드리니, 부인 역시 같이 가고 싶다는 마음을 내비쳤다.

인형은 유씨 부인과 함께 여러 날 만에 율도국에 도착했다.

"오셨습니까!"

향을 피운 상을 차려 놓고 기다리던 길동은 유씨 부인과 인형을 보고 기쁘게 맞았다. 먼저 길동은 유씨 부인, 인형과 함께 아버지의 산소를 돌아보았으며, 그 뒤로는 큰 잔치를 베풀었다.

여러 날이 지난 뒤에 유씨 부인은 급작스럽게 병을 얻어 세상을 떠났다. 길동은 아버지의 무덤에 유씨 부인을 같이 합장하였다. 유씨 부인의 삼년상을 마치고 나니 길동의 어머니 춘섬도 이어서 세상을 떠났다. 길동은 춘섬 역시 홍 판서와 유씨 부인을 묻은 선산*에 안장하였고, 다시 삼년상을 치렀다.

길동은 아들 셋과 딸 둘을 낳았는데 첫째 아들과 둘째 아들, 첫째 딸은 백 씨가 낳았고, 셋째 아들과 둘째 딸은 조 씨가 낳았다. 길동은 큰아들 현을 세자로 봉하고 나머지는 다 군*으로 봉하였다.

* **선산** 조상의 무덤이 있는 산.
* **군** 왕세자가 아닌 나머지 왕자들을 부르는 말.

왕이 나라를 다스린 지 30년이 지나 갑자기 병이 들어 세상을 떠나니, 그의 나이 72세 때였다. 왕비들도 이어서 숨을 거두었고 모두 선산에 묻혔다. 그 뒤로 세자가 즉위하여 율도국을 다스리고 대대로 태평스럽게 살았다.

물음표로
따라가는
인문학 교실

고전으로 인문학 하기

고전을 읽으며 생겨나는 여러 질문에 답하며,
배경지식을 얻고 인문학적 감수성을 키워요.

고전으로 토론하기

고전을 다양한 시각으로 바라보며,
다르게 생각하는 힘을 길러요.

고전과 함께 읽기

함께 소개하는 다양한 작품을 통해,
인문학적 사고의 폭을 넓혀요.

고전으로 인문학 하기

● 왜 아버지를 아버지라고 부르지 못할까?

"아아, 대감께서 애초에 천한 길동을 위하여 아버지를 아버지라 부르게 하고 형을 형이라 부르게 하셨다면 이렇게 되지는 않았을 것입니다. 그러나 지나간 일을 말해 봐야 무슨 소용이 있겠습니까? 이제 저를 묶어 서울로 올려 보내십시오." ·66쪽 중에서

의로운 도적 홍길동은 세상을 벌컥 뒤집어 놓았어요. 그런데 길동이 의적이 된 이유는 사소해 보이는 한 가지 사건에서 비롯되었지요. 아버지를 아버지라고 부르지 못하게 했다는 것이에요.

하지만 길동의 입장에서 이건 절대 사소한 게 아니었지요. 반대로 생각해 보면 호칭과 같은 아주 작은 부분에도 신분에 따른 제약이 있었다는 말이니까요. 길동의 신분이 대체 뭐였길래 마음속 깊이 한이 쌓였던 걸까요? 조선의 신분 제도를 차근차근 짚어 보며 길동이 처한 상황을 알아봐요.

조선은 기본적으로 양천 제도를 따라요. 여기서의 '양'은 양인이에요. 양인은 과거에 응시하고 벼슬길에 오를 수 있는 사람으로서, 세금을 내고 국역(나라에서 벌이는 토목, 건축 따위의 공사)의 의무를 다해야 했지요. '천'은 천민이에요. 나라나 개인에게 소속된 노비가 여기에 속했지요.

하지만 양인 중에서도 점차 계급이 나누어졌어요. 양인은 양반, 중인, 상민으로 세분화되었지요. 그러니까 조선 시대 사람들의 신분은 양반, 중인, 상민, 천민으로 나뉘어 있다고 보면 돼요.

양반 하면 갓을 쓰고 도포를 휘날리며 촛불 앞에서 책을 읽는 이들이 떠오르지요? 문과 출신의 '문반'과 무과 출신의 '무반'을 아우르는 양반은 관직에 나아가 뜻을 펼칠 수 있었어요.

중인은 양반과 상민 사이의 중간 계층이에요. 이들은 주로 전문적인 일을 맡았어요. 행정 업무를 하며 관청에서 일하거나 병을 고치는 의관, 통역을 하는 역관이 되기도 했지요. 그런데 첩의 자식인 '서얼'도 중인에 해당하는 처우를 받았어요. '서얼'은 '서자'와 '얼자'를 줄인 말이에요. 서자는 양반과 양민 여성 사이에서 낳은 아들이고, 얼자는 양반과 천민 사이에서 낳은 아들을 말해요. 서얼은 문과 시험 응시가 금지되는 등 사회 진출에 제약이 따랐고, 집안의 대를 이을 수도 없었지요.

상민은 농사를 짓거나 수공업, 상업, 어업 등에 종사하는 사람들이에요. 평민, 양민이라고도 불리는 이들은 사회 구성원의 대다수를 차지했지요. 상민은 원칙적으로는 과거에 응시할 수 있었지만, 실제로 그렇게 하기란 거의 불가능에 가까웠습니다. 상민의 처지에서 교육에 많은 돈과 시간을 들이기가 어려웠기 때문이지요.

천민은 신분 제도의 최하 계층으로서, 노비가 여기에 속합니다. 이들은 교육을 받을 수 없었고 벼슬을 할 수도 없었어요. 백정(소나 개, 돼지와 같은 가축을 잡는 일을 직업으로 삼는 사람), 무당, 광대도 천민 대접을 받았지요.

조선 시대의 신분 제도는 오늘날의 시선으로 보면 부당하게 느껴질 거예요. 태어날 때 이미 삶이 정해져 있는 것이나 다름없잖아요. 아무리 머리가 좋고 재주가 뛰어나도 벼슬에 오를 수 없었던 홍길동의 마음은 어땠을까요? 양반의 핏줄로 태어나 양반과 함께 살고, 양반이 어떻게 사는지 매일같이 지켜보지만 홍길동은 절대 양반이 될 수 없었습니다. 그의 한이 이해되나요?

조선 시대의 신분 제도

양반: 우리가 조선의 지배층이야. 힘든 일은 하지 않아. 책을 읽고, 공부하고, 나랏일에 참여하지.

중인: 가운데 중(中) 자를 써서 중인이야. 전문 지식이나 기술을 갖고 있지만, 하급 관리에 머물러야 했단다.

상민: 우린 평범한 보통 사람들이야. 우리도 과거를 볼 수 있지만, 하루 종일 일하느라 공부하는 건 꿈도 못 꾸지.

천민: 조선 시대 우리는 인간적인 대접을 받지 못했어. 노비는 사고 팔거나 물려줄 수 있는 대상이었지.

한 걸 음 더 천민 출신 과학자, 장영실

▲ 천안아산역에 있는 장영실 동상

조선 시대에 태어나 신분의 벽을 뛰어넘어 재능을 펼친 사람이 있습니다. 바로 조선의 과학자 장영실(약 1390년~?)이에요. 장영실의 아버지는 중국 원나라 사람이고 어머니는 기생이에요. 천민의 아들이면서 지금으로 치면 다문화 가정의 아이인 것이지요. 장영실은 어렸을 때부터 똑똑하고 재주가 많았지만, 천민의 아들이라 노비 신분을 피할 수 없었지요.

그러던 어느 날, 그는 인재를 찾던 태종의 눈에 띄어 벼슬자리를 얻었어요. 장영실은 세종 때에 하천의 수위를 측정하는 수표를 발명하고, 물시계와 자격루 같은 놀라운 기구들을 만들었지요. 《세종실록》은 장영실을 이렇게 기록했어요.

"장영실은 물건 만드는 솜씨가 보통 사람을 뛰어넘는 인물이었으며, 태종이 발탁하였고 세종 또한 그를 아꼈다."

세종은 많은 신하들의 반대를 무릅쓰고 장영실에게 높은 벼슬을 내렸어요. 자격루를 만든 뒤에 장영실의 벼슬은 종3품에 이르렀을 정도였지요.

하지만 장영실은 1442년에 관직에서 파면되고 곤장까지 맞았어요. 임금이 탈 가마를 만드는 일을 감독하는 중에 가마가 부러졌다는 이유였지요. 단지 이러한 이유로 파면되었다니 석연치 않게 느껴집니다. 장영실이 쫓겨난 진짜 이유를 알 수는 없지만, 확실한 것이 있어요. 노비의 신분으로서 고위직에 오르고, 이를 끝까지 유지하기란 정말 쉽지 않았다는 사실이지요.

● 왜 양반이 《홍길동전》을 썼을까?

 《홍길동전》은 신분의 벽에 가로막혀 고통받는 홍길동의 이야기를 담고 있어요. 그러면 《홍길동전》을 쓴 사람은 서얼일까요? 답은 'NO'랍니다. 《홍길동전》을 쓴 작가는 조선 후기의 학자이자 사상가인 허균(1569~1618년)입니다. 허균은 명문가 집안에서 태어났으며, 어엿한 양반이면서 적자였어요. 허균은 조선의 여성 예술가로 이름을 남긴 허난설헌(1563~1589년)의 동생이기도 하지요.

 그런데 양반 출신인 허균이 어떻게 서얼이 주인공인 소설을 쓸 생각을 했을까요? 아마 허균의 스승이었던 손곡 이달의 영향이 크리라 생각됩니다. 이달은 뛰어난 글재주를 가진 사람이었어요. 허균은 능력 있는 스승을 굳게 믿고 따랐습니다. 하지만 이달은 서얼 출신이었고, 조정에 나아가 뜻을 펼칠 수 없었어요. 평소 허균은 신분의 벽에 가로막힌 스승의 처지를 매우 안타까워했다고 해요. 이런 과정에서 자연스럽게 적서 차별, 즉 적자와 서자를 차별하는 신분 제도에 대해 비판적인 시각을 갖게 되었겠지요.

 허균은 양반임에도 불구하고 매우 자유로운 삶을 살았어요. 과거에 급제해 벼슬자리를 얻었지만 파직당하기 일쑤였어요. 기생과 함께 살거나, 당시 나라에서 금지했던 불교에 큰 관심을 보이는 등 그의 자유분방한 행동은 문제가 되었지요. 게다가 허균은 서얼 신분의 친구들과도 스스럼없이 친하게 지냈어요.

그러던 1613년, 허균이 서얼과 관련해 곤란해질 뻔한 일이 있었어요. 7명의 서얼들이 한 상인을 죽이고 은 700냥을 빼앗은 죄로 체포되었지요. 이들은 서얼이 사회적으로 차별받는 것에 앙심을 품고 이러한 일을 저질렀어요.

그런데 그들을 조사하는 과정에서 엄청난 사실이 드러납니다. 이들이 자금을 모아서 당시 왕이었던 광해군을 끌어내리고 영창 대군을 왕으로 세우려고 했다는 모함을 받게 된 것이지요. 광해군은 선조의 유일한 적자이자 자신의 이복동생인 영창 대군을 제치고 왕위에 오른 사람이에요. 이런 상황에서 서얼들이 역모를 꾸몄다는 이야기를 듣게 되자 광해군은 노발대발했고, 일은 일파만파 커져서 영창 대군의 외할아버지와 그의 아들까지 화를 입었어요. 이를 '칠서지옥(七庶之獄)' 사건이라고 해요.

7명의 서자들 중에서는 허균의 제자 심우영을 비롯하여 그와 친하게 지냈던 이들이 꽤 많았어요. 자칫하면 허균이 화를 입을 수도 있었지만, 다행히 별일은 없었지요. 그러나 얼마 뒤, 허균은 막

강한 권력을 갖고 있던 이이첨에 의해 역모를 꾸몄다는 누명을 뒤집어썼어요. 허균은 1618년, 거리에서 사형을 당하며 비극적인 최후를 맞았습니다. 《홍길동전》의 작가 허균은 그렇게 세상을 떠났지요.

그런데 《홍길동전》의 작가가 정말 허균이 맞는지 의문을 제기하는 이들도 있어요. 오늘날 《홍길동전》의 원본을 찾을 수 없고, 이본(커다란 줄거리는 일치하지만, 부분적으로는 차이점을 갖는 책)이 많다는 이유지요. 하지만 허균의 후배인 이식의 책에 허균이 《홍길동전》의 작가라고 적혀 있고, 허균의 평소 사상과 《홍길동전》이 담고 있는 주제가 일치하는 점으로 보아, 《홍길동전》의 작가는 허균이 맞는다는 의견이 더욱 우세하답니다.

한 걸음 더 허균의 사상과 〈호민론(豪民論)〉

허균의 글 중 하나인 〈호민론〉에는 그의 사상이 잘 드러나 있어요. 허균은 〈호민론〉에서 백성을 세 부류로 나누었어요. 먼저 항민(恒民)이 있어요. 이들은 윗사람들에게 부림을 당하는 사람들입니다. 항민은 무엇이 문제인지도 깨닫지 못하고, 위에서 시키는 대로 하고 살아요. 그다음으로는 원민(怨民)이 있어요. 원민은 항민과 같은 처지에 놓여 있으면서, 늘 원망과 한탄만 하며 살지요. 그런데 진짜 지배층이 두려워해야 하는 것은 바로 호민(豪民)이에요. 호민은 자신이 받은 부당한 대우를 마음속 깊이 새기고 들고일어날 틈을 노려요. 그러다 때가 되면 불같이 일어나는 것이지요. 이때는 원민과 항민까지도 호민을 따르게 됩니다. 비로소 '혁명'이 일어나는 거예요.

허균의 〈호민론〉에는 지배층이 백성을 두려워하고, 백성의 마음을 잘 살펴야 한다는 그의 생각이 담겨 있답니다.

● 왜 한글로 소설을 썼을까?

《홍길동전》과 관련해서 기억해야 할 것이 하나 더 있어요. 《홍길동전》은 비교적 이른 시기에 한글로 쓰인 소설이라는 점이지요. 지금은 모두 한글의 위대함을 인정하지만, 조선 시대 양반들은 한글보다는 한문을 더 즐겨 썼어요. 양반이라면 모름지기 한문으로

▲ 《홍길동전》의
첫 페이지

글을 지어야 한다고 생각했고, 과거 시험도 모두 한문으로 치러졌지요. 또한 양반은 시조나 가사*를 지을지언정 소설을 짓는 일은 드물었어요. 상민들이나 이야기를 짓고 즐기는 것이라고 여겼으니까요.

그런데 양반인 허균이 다름 아닌 '한글'로 '소설'을 썼어요. 이는 평소 허균의 사고방식에 비추어 보면 충분히 이해가 되는 일입니다. 일단 허균은 한글에 대해 긍정적인 생각을 갖고 있었어요. 허균은 조선 중기의 문신 정철(1536~1593년)이 한글로 쓴 가사인 〈사미인곡〉을 두고 이렇게 이야기했어요.

"정철은 우리말로 된 노래를 잘 지었다. 그의 〈사미인곡〉은 매우 들을 만하다."

허균은 한글이 우리의 정서를 표현하는 데 매우 좋은 도구임을 잘 알고 있었던 거예요. 그런가 하면 그는 사대부의 문학을 두고 이렇게 말한 적이 있어요.

"남의 글을 답습해서는 안 되고, 자기 나름의 독창적인 경지를 개척해야 한다."

* **가사** 조선 초기에 나타난 시가와 산문 중간 형태의 문학. 형식은 주로 3·4조 또는 4·4조를 기본으로 하며 행수에는 제한이 없다.

▲ 허균 생가의 모습

당시 지식인들이 중국의 글을 모범으로 삼고, 이를 모방하던 분위기를 비판한 것이었어요. 허균의 문학관은 여느 사대부들과는 많이 달랐어요. 문학에 대한 그의 생각은 열려 있었지요. 그러니 그가 한글로《홍길동전》을 집필한 것은 어찌 보면 당연해요.

《홍길동전》은 조선 시대의 문제점을 짚어 내는 소설이에요. 서얼은 마음껏 능력을 펼치지 못하고, 백성들은 힘들게 일군 것을 빼앗겨 가난한 삶을 살고 있었지요. 허균은 이러한 상황을 한글 소설로 쓰면 양반뿐만 아니라 민중들까지도 재미있게 읽을 수 있을 것이라고 생각했을 거예요.

실제로《홍길동전》은 많은 사람들에게 사랑을 받았어요. 손으로 베껴 쓴 필사본이나 나무에 새긴 후 대량으로 인쇄한 판각본, 활자를 짜서 만든 판으로 찍어 낸 활자본까지 모두 유통되었어요. 이뿐만 아니라 서울에서 출판된 경판본, 전주에서 출판된 완판본, 안성에서 출판된 안성본까지 나오며 두루 읽혔지요. 새로운 세상을 꿈꾸는 홍길동의 이야기는 조선 시대를 지나 오늘날까지 400여년 동안 이어져 오며 사랑받고 있습니다.

● 영웅 소설이란 무엇일까?

홍길동은 뛰어난 능력으로 고난을 극복하고, 나라를 슬기롭게 다스리지요. 이처럼 주인공의 영웅적인 삶을 담은 고전 소설을 '영웅 소설'이라고 해요. 《홍길동전》 외에도 《박씨전》, 《홍계월전》*, 《유충렬전》* 등이 영웅 소설에 속해요.

그런데 영웅 소설은 일정한 이야기 구조가 반복되는 경향이 있어요. 영웅 소설의 구조가 《홍길동전》에서 어떻게 드러나는지 살펴봐도 재미있답니다. 다음 표를 살펴볼까요?

	영웅 소설의 이야기 구조	《홍길동전》
1	고귀한 혈통을 지닌 인물이다.	명문가 홍 판서의 둘째 아들로 태어난다.
2	잉태되는 과정이나 출생이 비정상적이다.	홍 판서가 용꿈을 꾸고 얻은 아들로서, 여종 춘섬의 자식(서얼)으로 태어난다.
3	보통 사람과 다른 탁월한 능력을 타고난다.	총명하여 하나를 들으면 백 가지를 깨닫고, 병법에 뛰어나며 둔갑술, 분신술, 축지법을 쓸 줄 안다.
4	어려서 고아가 되거나 죽을 고비를 맞는다.	초란이 보낸 자객 때문에 죽을 위기에 처한다.

5	조력자를 만나 죽을 고비에서 벗어난다.	–
6	자라서 다시 위기에 부딪힌다.	탐관오리와 싸우다가 조정에 잡혀가고, 다시 도망치지만 여기저기서 홍길동을 잡으려고 한다.
7	위기를 극복하고 승리자가 된다.	율도국을 정벌하여 왕이 된다.

어때요? 하나하나 살펴보니 더욱 재미있지요? 그런데 5번 '조력자를 만나 죽을 고비를 맞는다'와는 비교할 게 없네요. 생각해 보면 홍길동은 늘 외로웠어요. 초란이 보낸 자객 때문에 죽을 위기에 처했을 때, 아무도 그를 도와주지 않았습니다. 조정에서 홍길동을 잡겠다고 분주하게 뛰어다니던 때도 그는 어느 누구의 도움 없이 자신의 신통한 능력을 발휘해 빠져나갔어요. 이처럼 홍길동은 위기가 닥칠 때마다 스스로의 능력으로 문제를 해결해 나갑니다.

길동은 계속해서 변화하고 발전하는 인물이에요. 처음에는 단순히 아버지를 아버지라고 부르지 못하는 자신의 처지를 슬퍼했다가 나중에는 수많은 백성들의 아픔들까지도 바로 보게 되지요. 발

---

* **《홍계월전》** 조선 시대의 영웅 소설. 중국 명나라를 배경으로 여장군 홍계월의 고행과 활약을 그렸다. 작가와 연대는 알 수 없다.
* **《유충렬전》** 작자와 연대 미상의 고전 소설. 영웅의 기상을 가진 유충렬이 간신 정한담의 위협에서 벗어나 나라를 바로잡고 부귀영화를 누린다는 내용을 담고 있다.

전하는 영웅의 모습은 독자에게 기대감과 희망을 줍니다. 또 더 나은 세상과 정의에 대한 열망을 갖게 하지요.

한 걸음 더 **홍길동은 실존 인물일까?**

《조선왕조실록》곳곳에 '홍길동'이라는 이름이 나와요. 먼저 연산군 때의 기록을 한번 살펴볼까요?

"강도 홍길동을 잡았으니 나머지 무리도 소탕하게 하다."(1500년 10월)
"홍길동의 죄를 알고도 고발하지 않는 이들을 변방으로 보내도록 하다."
(1500년 12월)

홍길동이라는 이름의 도적이 실제로 있었다는 사실은 매우 흥미롭지요. 기록에 따르면 홍길동은 성종부터 연산군 대에 걸쳐 살았다고 합니다. 이외에도 중종이나 선조 때에도 '홍길동'이라는 이름이 기록에 나오는 것을 보면, 아마 홍길동이라는 이름은 비교적 흔했던 것 같습니다. 하여간 홍길동이라는 도적은 실제로 있었음이 확실하지요.

이를 보면 허균은 실존 인물 홍길동을 모델로 삼아서 소설을 썼음을 추측할 수 있어요. 기록 속에 나오는 여러 명의 홍길동들은 세상을 어지럽힌 도적이지만, 소설 속 홍길동은 이상적인 인물로 그려져요. 허균은 홍길동이라는 의로운 의적의 이야기를 만들고, 이를 통해 시대의 모순을 드러냈답니다.

고전으로 토론하기

생 각 주 제 열 기

허균은 순탄치 못한 삶을 살았어요. 관직에서 6번 파직당하고 3번 유배를 당했지요. 그는 스스로 '불여세합(不與世合)'이라고 했는데, 이는 '세상과 화합하지 못함'을 말해요. 그의 일생을 돌아보면 '불여세합'이라는 말이 자연스레 이해돼요. 양반으로서 불교에 심취하고, 서얼들과 어울렸던 것만 봐도 알 수 있지요. 〈호민론〉에 드러난 허균의 이상도 당시로서는 파격적인 것이었어요. 왕과 신하가 아닌 '백성'에 대해 이야기했으니 말이에요.

《홍길동전》을 자세히 들여다보면 그의 생각과 사상을 더욱 잘 헤아릴 수 있어요. 또한 오늘날 사회 문제들과 연결 지어 생각해 볼 거리들도 많답니다. 지금부터 21세기에 사는 기자와 17세기에 살았던 허균의 가상 인터뷰를 읽으며, 생각을 넓혀 봐요.

● 토론 주제 하나 차별 없는 세상은 없을까?

기 자 허균 작가님, 반갑습니다. 오늘 독자들에게 많은 이야기 들려주실 거죠?

허 균 이런 인터뷰는 처음이네요. 저도 기자 양반에게 요즘 세상은 어떤지 물어보고 싶네요.

기 자 정말 유익한 인터뷰가 될 것 같아요!

허 균 기자님은 제 소설을 읽어 보셨나요?

기 자 그럼요. 《홍길동전》에서 제일 기억에 남는 장면이 있어요. 홍길동이 아버지를 아버지라고 부르지 못하고 슬퍼하는 대목이지요. 정말 조선 시대에 서얼은 그런 대우를 받았나요?

허 균 그런 일은 너무 흔했어요. 서얼은 아들 역할을 제대로 할 수 없었지요.

기 자 얼마나 서러웠을지 짐작이 갑니다. 그래도 선생님은 양반이시니 신분 때문에 차별을 겪지는 않았겠네요.

허 균 물론 그렇지요. 하지만 저를 가르쳐 주신 이달 스승님이 능력이 있음에도 불구하고 관직에 나아가지 못한 것을 보면서 차별의 벽을 느끼게 되었어요.

기 자 스승님 때문에 적서 차별의 부당함을 깨달으셨군요.

허 균 그렇습니다. 중인은 문관으로 등용될 수 없다니 너무하지 않나요? 능력이 출중한 인재를 쓰지 않으면 나라로서도 큰 손해라고요.

기 자 그러고 보니 선생님이 쓰신 〈유재론(遺才論)〉이라는 글이 떠오르네요!

허 균 내 글을 기억하다니 남다르시군요. 저는 〈유재론〉을 통해 나라가 인재를 쓰는 방식에 대해 비판한 적이 있어요. 그중 한 대목을 들려줄게요.

"하늘이 인재를 내는 것은 본디 한 시대의 쓰임을 위해서이다. 그래서 하늘이 사람을 낼 때에 귀한 집 자식이라고 하여 풍부하게 주고 천한 집 자식이라 하여 인색하게 주지는 않는다."

"동서고금에 첩이 낳은 아들의 재주를 쓰지 않는다는 말은 듣지 못했다. 우리나라만이 천한 어미를 가진 자손이나 두 번 시집간 자의 자손을 벼슬길에 끼지 못하게 한다."

기 자 《홍길동전》의 주제와 같은 맥락이네요!

허 균 조선은 땅덩어리가 좁고 인재도 많지 않습니다. 인재를 잘 찾아내어 등용해야 나라가 발전하지 않을까요?

기 자 맞는 말씀입니다! 휴, 그래도 요즘은 조금 나아졌어요. 오늘날 헌법에는 모든 사람이 평등하다고 적혀 있지요. 적서 차별과 같이 불합리한 일은 일어나지 않는답니다.

허 균 정말 그런가요?

기 자 네?

허 균 저는 '차별'이 아직도 사라지지 않은 것으로 전해 들었는데요. 예를 들어 인종 차별 같은…….

기 자 듣고 보니 그렇네요! 다문화 가정에서 태어난 아이들이 떠오릅니다. 이들은 분명 한국인이지만 피부색이 다르다는 이유로 환영받지 못할 때가 많으니까요. 이외에도 성차별이나 장애인 차별 등은 여전히 존재하지요.

허 균 듣자 하니 가난하다고 차별받는 경우도 있다고 하더라고요. 몇몇 재벌이 이른바 '갑질'을 한다면서요? 가난한 집안에서 태어난 아이들이 성공하기가 더욱더 어려워졌고 말이에요.

기 자 맞습니다. 아직 우리 사회가 갈 길이 멀었음을 느낍니다.

허 균 단번에 차별 없는 세상을 만들기란 쉽지 않을 거예요. 일단 주변을 차근차근 둘러보고, 부당한 차별이 없는지 살펴보시길 바랍니다. 지금까지 너무 당연하게 여겨 왔던 것들이 누군가에게는 차별이 되지는 않는지 고민해 보는 거예요. 여기서부터 해결의 실마리가 보인답니다.

● 토론 주제 둘 홍길동은 도적일까? 영웅일까?

기 자 작가님은 홍길동이 차별에 맞서 싸웠던 용감한 사람이라고 생각하시지요?

허 균 그렇습니다. 조선 시대 대부분의 사람들이 적서 차별을 당연 하게 여기며 살았어요. 물론 일곱 명의 서자들이 차별에 맞서 들고 일어났던 적이 있기는 했지만요.

기 자 그 유명한 칠서지옥 사건 말씀하시는 건가요?

허 균 맞아요. 그들은 모두 명문가 집안의 능력 있는 자제들이었어 요. 그중에는 제가 아끼는 제자 심우영도 있었지요.

기 자 결국 그들은 역모 죄에 걸려 사형을 당했잖아요. 마음이 많 이 아프셨겠어요.

허 균 너무나 안타까웠지요.

기 자 그런데 작가님, 아무리 차별에 맞서 싸웠다고 해도 홍길동이 너무 과격했던 건 아닐까요?

허 균 왜 그렇게 생각하지요?

기 자 홍길동은 집에 숨어든 자객과 관상을 보는 여인을 죽여 버렸 잖아요. 사람을 해친 행동을 무조건 칭찬하기는 힘들 것 같아요.

허 균 자객과 관상녀는 홍길동을 해치려고 했잖아요. 당연히 그들 로부터 자신을 지켜야지요. 홍길동의 행위는 21세기 말로 하면 '정당방위'라고 할 수 있겠네요.

기 자 그러면 홍길동이 도둑질을 한 것에 대해서는 어떻게 생각하시나요?

허 균 홍길동은 탐관오리의 재물만을 훔쳤어요. 탐관오리들이 백성으로부터 부당한 방법으로 빼앗은 것을 다시 백성들에게 나눠 주었을 뿐이지요.

기 자 하지만 사람을 죽이거나 도둑질을 하는 대신 다른 방법을 찾았다면 더 좋았을 것 같아요.

허 균 목적을 이루기 위해 정당한 수단을 써야 했다는 말이군요. 그럼 한 가지 물어볼게요. 기자님은 19세기 초 홍경래의 난을 비롯한 수많은 민란에 대해 어떻게 생각하나요? 이때 농민들은 자신의 권리를 찾기 위해서, 농기구를 무기 삼아 우르르 관아에 쳐들어갔지요. 그럼 그들이 잘못한 건가요?

기 자 음……. 농민 입장에서는 어쩔 수 없었을 것 같은데요. 아무도 자신들의 고통을 알아주지 않으니, 뜻을 밝히려면 들고일어나야지요.

허 균 홍길동 역시 비슷한 맥락에서 이해하면 될 것 같아요. 홍길동은 그가 처한 상황에서 나름의 방법으로 최선을 다했지요. 물론 더 현명한 해결책이 있었을지도 모르지요. 하지만 홍길동은 전지전능한 신이 아니라 한낱 인간일 뿐이라는 점도 함께 기억해 줬으면 좋겠어요.

기 자 네, 좀 이해가 갑니다.

허 균 그런데 기자님, 요즘 사람들은 국가나 회사로부터 부당한 일을 당하면 어떻게 하나요?

기 자 시위를 하기도 하고, 파업을 하기도 해요. 2016년 겨울에는 수많은 시민들이 촛불을 들고 거리로 나와 뜻을 하나로 모았지요.

허 균 아주 좋습니다. 홍길동의 정신이 이어지고 있네요. 홍길동은 적어도 부당한 일에 침묵하지 않았지요. 자신의 권리를 찾고자 적극적으로 나서는 후손들의 모습을 보니 참으로 뿌듯하군요.

● **토론 주제 셋 새로운 나라에는 차별이 없을까?**

기 자 저……. 한 번 더 딴지를 걸어도 되나요?

허 균 허허, 당연히 되지요. 저도 살아생전 세상에 참 딴지를 많이

걸었던 사람입니다.

기 자 작가님, 홍길동은 정말 세상을 바꾸고 싶었을까요?

허 균 저는 그렇게 생각합니다.

기 자 그런데 왜 왕이 병조 판서 벼슬을 내린다니까 쪼르르 갔을까요? 나라를 바꾸려고 했을까요? 하지만 곧바로 조선을 떠나는 걸 보면 그건 아닌 것 같거든요.

허 균 홍길동은 조선의 한계를 잘 알고 있었습니다. 그래서 조선을 떠나 새로운 나라를 세웠던 거지요.

기 자 그럼 홍길동이 세운 나라는 과연 천국일까요?

허 균 조선보다야 나은 세상이지요. 소설을 살펴봐요.

농사가 잘되어서 먹을 것이 풍족하였다. 또 질서가 바로잡혀 산에는 도적이 없고 길에 떨어진 물건을 아무도 주워 갖지 않았다. 모두 태평성대라고 할 만했다. •99쪽 중에서

기 자 글쎄요. 전 홍길동의 나라가 조선에 비해 훨씬 좋은지는 잘 모르겠어요.

허 균 백성들이 굶지 않고 행복하게 사니, 좋은 나라 아닌가요?

기 자 하지만 이 부분을 보세요.

그리하여 길동에게는 두 명의 부인이 생겼다. 첫째 부인은 백 소저요,

둘째 부인은 조 소저였다. 하루아침에 두 아내를 얻게 된 것이다. 길동은 두 집 가족들을 모두 거느리고 제도섬으로 갔다. •88쪽 중에서

허 균 홍길동이 두 명의 아내를 얻게 된 부분이군요.

기 자 이게 문제입니다. 홍길동은 어린 시절 첩의 자식으로 태어나 온갖 차별을 겪었습니다. 그런 차별에 대항해 집을 뛰쳐나왔는데, 정작 자신은 부인을 둘이나 두다니요!

허 균 조선 시대는 일부일처제였기 때문에 본처를 한 명 들이면 나머지 부인들은 모두 첩이 되었지요. 첩의 자식은 차별을 받았고요. 그러나 홍길동이 세운 나라에서 두 부인은 모두 정실부인으로 묘사되고 있어요. 자식들을 차별했다는 말도 없고요.

기 자 그럼 부인을 둘이나 둔 게 잘한 일이란 말인가요?

허 균 그 시대를 기준으로 생각하면 그리 이상한 일은 아니지요. 물론 길동이 잘했다는 말은 아니에요. 그가 시대적인 한계를 뛰어넘지 못했던 부분도 분명 있지요.

기 자 아무래도 홍길동은 출세하고 싶었던 것 같아요. 왕이 병조판서 자리를 준다고 하니 냉큼 달려갔을 때 이미 알아봤지요.

허 균 음, 홍길동에 대한 평가는 독자들의 몫이니 기자님 말도 맞습니다.

기 자 그렇지요? 제 생각도 맞지요?

허 균 하하, 네. 다만 전 길동이 살았던 시대라는 큰 틀 안에서 그의 한계와 초월을 함께 바라보았으면 좋겠습니다.

기 자 한계와 초월이요?

허 균 《홍길동전》의 배경인 조선 시대에는 서얼이 감히 왕에게 자신의 의견을 밝힐 생각조차 할 수 없었어요. 그걸 홍길동은 해냈지요. 또 관리가 백성을 수탈하는 건 잘못이라고 당당히 외쳤고요. 이런 부분을 보면 홍길동은 분명 한계를 뛰어넘은 사람이지요.

기 자 저는 홍길동을 영웅이라고만 바라보는 시선에서 벗어나 조금 더 자유롭게 생각해 보고 싶었어요. 혹시 홍길동을 깎아내려서 기분이 상하신 건 아니지요?

허 균 하하, 전혀요. 오히려 홍길동을 다양한 시각에서 바라봐 주어서 감사할 따름입니다. 저는 독자들이 《홍길동전》을 통해 다양한 고민을 해 보길 바랍니다. 오늘날에는 어떠한 시대적인 고민이 있는지, 또 어떻게 해결해야 할지도 함께 생각해 보았으면 좋겠습니다.

고전과 함께 읽기

《홍길동전》과 관련해 함께 보면 좋은 영화나 책 등을 소개합니다. 다양한 작품을 통해 고전을 넓고 깊게 이해해 보세요.

소설 **《로빈 후드의 모험》** 서양의 홍길동, 로빈 후드!

《로빈 후드의 모험》은 미국의 동화 작가 하워드 파일(1853~1911년)의 소설이에요. 하워드 파일은 12세기에 살았다는 전설적인 영웅 '로빈 후드'를 주인공으로 삼아 소설을 썼지요. 로빈 후드는 활을 잘 쏘기로 유명했답니다. 로빈 후드라면 저 멀리 머리 위에 있는 사과를 쏘아 맞힌 사람 맞냐고요? 하하, 그 사람은 '윌리엄 텔'이니 헷갈리지 마세요.

이제 소설을 들여다봐요. 어느 날, 로빈 후드는 활쏘기 시합에 나가려다가 산림 감독관의 계략에 휘말려 왕의 사슴을 죽이고 말아요. 그는 감옥으로 잡혀갈 뻔하다가 겨우 탈출하였고, 그길로 도적의 무리에 들어가지요.

▲ 〈로빈 후드의 모험〉
영화 포스터(1938년)

일 년 사이에 로빈 후드 주위에는 백여 명에 이르는 건장한 사내들이 모여들었다. 그들은 로빈 후드를 자신들의 지도자이자 대장으로 추대했다. 그리고 자신들을 부당하게 억압했던 사람들에게 복수하기로 맹세했다. 그 대상은 귀족과 성직자, 대지주, 기사 등이었다. 그들은 세금, 소작료, 벌금 따위의 명목으로 불쌍한 서민들에게서 터무니없이 많은 돈을 갈취하고 있었다.

로빈 후드는 비록 도적의 무리에 있었지만, 사람을 함부로 해치지 않았고 가난한 이들을 도왔지요. 로빈 후드와 그의 부하들은 백성들에게 사랑받았으며 '유쾌한 사람들'이라는 별명까지 얻었어요.

어때요? 줄거리를 살펴보니 단번에 《홍길동전》이 떠오르지 않나요? 홍길동과 로빈 후드 둘 다 못된 이들의 위협에서 벗어나 도적 소굴로 들어가잖아요. 그런 뒤에 나쁜 사람들을 응징하고 가난한 사람들을 돕는다는 점도 비슷해요. 홍길동은 조선의 영웅, 로빈

▲《로빈 후드의 모험》의 작가
하워드 파일

후드는 중세 영국의 영웅이라고 할 수 있겠네요.

다만 로빈 후드는 조금 어설픈 영웅이에요. 기가 막힌 활 솜씨를 갖고도, 사자 왕이라 불리는 잉글랜드의 왕 리처드 1세에게 한 방에 맞아 쓰러지기도 하고, 종종 어이없는 실수를 하기도 해요. 이러한 점은 오히려 로빈 후드의 인간적인 매력을 돋보이게 해요. 완벽한 영웅도 좋지만, 재미있고 유쾌한 영웅도 독자를 기쁘게 하지요.

이 소설은 12세기 중세 시대를 배경으로 해요. 이 시기 유럽의 하층민들은 귀족들과 부패한 성직자들에게 착취당하며 불행한 삶을 살았어요. 사실 어느 시대에나 가난하고 소외당하는 사람들은 있게 마련이지요. 그들에게는 로빈 후드나 홍길동과 같은 존재가 절실할 거예요. 이렇듯 소설은 수많은 사람들의 바람을 담고 태어난답니다.

《로빈 후드의 모험》과 《홍길동전》은 오늘날에도 많은 이들에게 읽히며 사랑받고 있지요. 이는 지금 이 세상에도 정의를 갈망하는 사람들이 많음을 증명하는 것이 아닐까요?

소설 《**장길산**》 홍길동은 알고 나는 모르오?

    조선의 실학자인 성호 이익은 《성호사설》에서 조선의 3대 의적을 꼽았어요. 바로 홍길동, 임꺽정, 장길산이랍니다. 홍길동이나 임꺽정에 비해 조금 생소하게 느껴지는 장길산은 숙종 때 사람이지요. 장길산의 신분은 광대로, 천한 계층에 속했어요. 하지만 그의 생각은 깨어 있었어요. 그는 착취당하며 고통받는 백성을 두고 볼 수만은 없다고 생각했지요. 그래서 도적의 무리를 이끌며 군자금을 모았고, 서얼, 승려와 함께 힘을 모아 들고일어나고자 했답니다. 이 사실을 알게 된 조정에서는 장길산을 잡느라고 난리였지만 결국 그렇게 하지 못했다고 해요.

    대하소설 《장길산》은 드라마 같은 삶을 살았던 실존 인물 장길산의 삶을 담고 있어요. 작가 황석영은 역사 자료에 남아 있는 장길산의 기록에 문학적 상상력을 보태어 흥미진진한 소설을 써냈답니다. 전체 4부로 구성되어 있는데 1부는 장길산의 출생과 성장 과정을, 2부는 장길산이 가난한 이들을 돕기로 결심하게 된 과정을 그려요. 3부는 장길산의 본격적인 활약을, 4부는 그가 나라를 뒤집을 계획을 세우고 승려, 서얼과 힘을 합치는 내용을 담고 있지요.

    그런데 장길산은 어떤 세상을 꿈꿨을까요? 책에는 이런 구절이 있어요.

"재물과 신분의 구별이 없는 대동 세상은 가장 천한 것에서 찾지 않으면 안 됩니다. 도대체 진인(眞人)이란 무엇입니까? 진인은 따로 있는 게 아니라 역병에 쓰러져 가는 팔도의 백성들이 다시 살아 환호하며 춤추는 세상에서 서로 정을 주고받으며 살아가는 모든 이가 진인이지요."

여기서의 '진인'이란 승려 세력이 조선의 왕으로 삼으려던, 정몽주의 후손을 말해요. 그런데 장길산은 진인이 특별한 사람이 아니라고 말합니다. 조선 땅에서 고통받는 수많은 백성들이 '진인'이라는 것이지요. 그는 훌륭한 왕이 나타나기를 기다리지 않았어요. 모든 사람들이 재물을 골고루 나누어 갖고, 신분 차별 없이 평등하게 사는 세상이 오기를 바랐지요.

장길산이 살던 때로부터 오랜 시간이 지났지만 여전히 해결해야 할 문제가 많아요. 조선 시대에 '착취당하며 고통받는 백성들'이 있었다면, 오늘날에는 '착취당하며 고통받는 노동자'가 있지요. 어떻게 하면 이러한 현실을 바꿀 수 있을까요? 몇백 년 전 역사를 돌이켜 보면서 문제를 해결할 실마리를 찾을 수 있지 않을까요? 아마도 작가는 이러한 고민으로 《장길산》을 지금의 사람들에게 소개했을지도 모릅니다.

홍길동, 임꺽정, 장길산에 대한 이야기는 모두 소설로 만들어졌어요. 허균의 《홍길동》, 홍명희의 《임꺽정》, 황석영의 《장길산》이 바로 그것입니다. 《임꺽정》이나 《장길산》은 10권 정도로, 읽기가 만만치 않아요. 하지만 시간을 들여 읽는다면 분명 의미 있는 독서가 될 거예요. 세 영웅의 공통점과 차이점을 비교해 보며 읽어도 재미있답니다.

영화 〈어벤져스〉 다양한 매력의 영웅이 한자리에!

이번에는 다양한 영웅들을 한꺼번에 만날 수 있는 영화를 소개할까 해요. 바로 〈어벤져스〉 시리즈예요. 여기에는 미국의 만화 회사인 '마블 코믹스'에서 내놓은 영웅 캐릭터들이 등장해요. 아이언맨, 캡틴아메리카, 헐크, 토르, 호크아이 등이 있지요. 평소 좋아하던 영웅이 한데 모여 있다니 상상만 해도 가슴이 뛰지 않나요?

초강력 슈트를 입고 있으며 강철도 녹일 수 있는 아이언맨, 분노하면 100톤도 거뜬히 드는 괴력의 헐크, 번개를 조종하는 망치로 엄청난 힘을 낼 수 있는 토르, 어떤 총알도 막아 낼 수 있는 방패와 뛰어난 리더십을 가진 캡틴아메리카…… 이들이 모이면 어떤 일이 일어날까요? 〈어벤져스〉 1편에서 이들은 지구를 지키는 임무를 맡아요. 국제평화유지기구 '쉴드'의 국장인 닉 퓨리가 지구

를 침략하려는 외계 연합군의 음모에 맞서 영웅들을 모두 불러 모은 것이지요. 그리고 이 영웅들이 외계인을 막는 내용이랍니다.

흥미로운 점은 영웅들 각각 가치관이 다르다는 점이에요. 닉 퓨리는 영웅들을 한데 모을 때 이 점 때문에 곤란해지기도 했어요.

그런가 하면 〈어벤져스〉의 영웅들은 영웅은 완벽해야 한다는 고정 관념을 깨기도 했답니다. 보통 영웅이라면 잘생기고 능력 있으며 선(善)을 위해 싸우지요. 그러나 헐크는 통제할 수 없는 자신의 힘 때문에 괴로워하고, 캡틴아메리카는 진짜 정의란 무엇인가에 대해 고민하기도 해요.

이렇듯 개성 강한 영웅들의 캐릭터는 영화를 살아 숨 쉬게 만들어서 관객들이 영화의 매력에 푹 빠지게 만든답니다. 이미 〈어벤져스〉에 열광하는 친구들이 많겠지요?

영웅 캐릭터는 계속해서 진화하고 있는 중이에요. 또한 엄청난 세계관을 담고 있어서 스케일이 큰 영웅 이야기도 많지요. 이제

'선'과 '악'만 강조하는 단순한 줄거리의 영화는 사람들의 흥미를 끌지 못하는 듯합니다.

그렇다면 우리 고전 소설의 캐릭터들을 활용하여 새로운 이야기를 만들 수도 있지 않을까요? 홍길동, 박씨 부인과 같은 고전 속 영웅들이 세계에 널리 알려지는 날이 오기를 꿈꿔 봅니다.

어벤져스의 영웅들 중 토르의 사연을 들여다보면 홍길동이 떠오릅니다. 홍길동이 적서 차별로 힘들어했던 것처럼 토르도 비슷한 일로 고민했거든요. 물론 홍길동과 반대의 경우긴 해요. 토르에게는 로키라는 피 한 방울 섞이지 않은 동생이 있었어요. 사실 로키는 아주 어릴 때 체구가 작은 거인이라는 이유로 버려졌어요. 이를 불쌍히 여긴 토르의 아버지 오딘이 로키를 입양한 것이지요. 로키의 마음속에는 항상 아버지로부터 차별받는다는 상처가 있었고, 이것이 토르와 갈등하는 계기가 되었지요.

서양에서도 '차별' 때문에 문제가 일어나네요. 이렇듯 동서양을 관통하는 공통점들을 찾는 것도 재미난 일이랍니다.

물음표로 따라가는 인문고전 07

홍길동전 차별 없는 세상은 없을까?

ⓒ 김진호 허구, 2017

1판 1쇄 발행일 2017년 12월 14일 | **1판 4쇄 발행일** 2022년 11월 25일

글 김진호 | **그림** 허구
펴낸이 권준구 | **펴낸곳** (주)지학사
본부장 황홍규 | **편집장** 윤소현 | **편집** 박보영 서동조 김승주
디자인 최지윤 | **마케팅** 송성만 손정빈 윤술옥 이혜인 | **제작** 김현정 이진형 강석준
등록 2010년 1월 29일(제313-2010-24호) | **주소** 서울시 마포구 신촌로6길 5
전화 02.330.5263 | **팩스** 02.3141.4488 | **이메일** arbolbooks@jihak.co.kr
ISBN 979-11-6204-013-3 44810
ISBN 979-11-85786-85-8 44810 (세트)
잘못된 책은 구입하신 곳에서 바꿔 드립니다.

제조국 대한민국   사용연령 10세 이상
KC마크는 이 제품이 공통안전기준에 적합하였음을 의미합니다.

지학사아르볼   아르볼은 '나무'를 뜻하는 스페인어. 어린이들의 마음에
담긴 씨앗을 알찬 열매로 맺게 하는 나무가 되겠습니다.

홈페이지 www.jihak.co.kr/arb/book | **포스트** post.naver.com/arbolbooks